U0609546

西藏脱贫攻坚中的巾帼英雄

编 委 主 任：周世英

编委副主任：尹分水　江措拉姆

编　　　委：张莉蓉　龙　措　李海平

　　　　　　罗珠江才　朱燕莉

　　　　　　张　杰　叶红梅

策　　　划：周玉平　计美旺扎

执　　　笔：周玉平　张琪

摄　　　影：周玉平　龙析贝

装 帧 设 计：周玉平　龙析贝

文 字 编 辑：龙析贝

视 频 摄 影：周玉平　龙析贝

视 频 剪 辑：周玉平　龙析贝

西藏

脱贫攻坚中的巾帼英雄

西藏自治区妇女联合会著

西藏人民出版社

谨以此书向

西藏自治区妇女联合会成立60周年献礼

前　言

　　脱贫攻坚战打响以来，在习近平新时代中国特色社会主义思想的指引下，在以习近平同志为核心的党中央特殊关怀下，在全国人民的无私支援下，西藏自治区党委政府团结带领全区各族人民艰苦奋斗，强力推进脱贫攻坚取得重大决定性进展。截至2019年底，全区62.8万建档立卡贫困人口全部脱贫，74个贫困县区全部摘帽，贫困群众"两不愁三保障"全面实现，建档立卡贫困人口人均纯收入达到9328元，千百年来困扰西藏各族人民的绝对贫困问题历史性地得到了解决。这是西藏历史上与百万农奴翻身解放并列的具有里程碑意义的大事，是中国共产党领导西藏人民创造的又一个人间奇迹。在脱贫攻坚战的带动下，西藏农牧区面貌发生了广泛而深刻的变化，经济社会取得了巨大发展，广大农牧民感党恩听党话跟党走的意识明显增强，发展生产、脱贫致富奔小康的积极性空前高涨，为实施乡村振兴战略奠定了坚实基础。

　　在西藏脱贫攻坚的生动实践中，全区广大妇女群众积极响应党的号召，热情投身"巾帼脱贫行动"，充分发挥"妇女能顶半边天"的作用，弘扬自尊、自信、自立、自强"四自"精神。在培养致富带头人、组建妇女合作社、发展特色产业和民族手工业、促进就业创增收、带动居家经营增收、转变生活观念、倡导文明新风等方面，涌现出一大批可歌可泣的先进典型和感人事迹，创造了许多宝贵的经验，成为坚决打赢脱贫攻坚战的主力军。

　　现将全区妇女群众在脱贫攻坚中涌现出的先进典型收集整理，呈现于读者。

《西藏脱贫攻坚中的巾帼英雄》编委会

目录

目录

西藏脱贫攻坚中的巾帼英雄

拉萨市

次仁曲珍　达孜区唐嘎乡穷达村

达孜县金麦穗农业科技发展有限公司和达孜县麦之穗农业种植农民专业合作社负责人

次仁曲珍好强而独立。在家里众多的兄弟姐妹中，她是最不让父母操心的那一个。上初中时，她便会利用寒假时间，外出拉萨打短工，挣钱补贴家用。卫校毕业后，又自作主张去那曲大药房工作，为的是那一份比拉萨高些的工资待遇。也正是这样独立的性格和行为，最终让她收获了爱情、收获了事业。

在那曲大药房工作期间，次仁曲珍遇见高永乾，这位能干又实在的甘肃小伙，很快便住进了她的心房。

婚后，他们夫妻来到巴青县开办了一所小小的诊所。凭着丈夫精湛的医术，很快便打开了局面。凭着开办诊所挣得的第一桶金，次仁曲珍在当地先后开起了超市、餐馆等。小成的事业，让她在家乡有了些许的名声。

2015年，次仁曲珍的丈夫回乡探亲，闲暇之余，夫妻俩随家人下地，劳作之时丈夫觉得这里的土地很肥沃，但产出却不理想，于是便商量用什么方法来改善当地落后的农作物种植状况。他们在内地走访、参观、考察，学习内地先进的种植技术。期间，他们停办了在巴青的系列产业。经过一年的努力，于2016年3月成立了达孜县金麦穗农业科技发展有限公司，与穷达村2组村民以每年每栋800元的价格租赁了28栋小型蔬菜大棚和150亩耕地，以此为基础开展现代化大棚蔬菜种植和示范基地种植。公司成立初规模小、资金紧张，他们一边种植，一边积累经验。经过大半年的农作物种植，他们感觉学习的技术能用于实际生产后，为了更好地带动农牧民群众一起致富，便将自己掌握的种植技术传授给广大农牧民。他们于2016年12月成立了达孜县麦之穗农业种植农民专业合作社，注册资金1000万元。次仁曲珍担任合作社法人，技术员10人，员工26人。并和中科院、农科院等科研院所合作发展现代化、科技化、规模化农业种植。依托当地地势平坦、土壤肥沃，境内有拉萨河流过，雨量充沛、雨热同季等有利的地理气候条件和相关灌溉配套设施齐全，具备良好的灌溉外部条件，以及当地群众基础好，劳动力资源充足，季节差优势大等优势，次仁曲珍大力发展生态蔬菜种植和青贮饲草品种栽培，坚持以反季节蔬菜促增效，以饲草产业促增收，促进了农业产业化发展和农民增产增收。

2017年公司投入450万元建立10座现代化大型蔬菜冬暖棚，发展反季节蔬菜种植，投资200万元新建60栋拱棚，发展现代化蔬菜规模种植，形成集群效应。流转穷达村和唐嘎村耕地2200亩标准化农田种植青贮饲草，2017年青贮玉米平均株高2.6米，亩产量5.3吨/亩，并形成了一套适合高原丰产种植的青贮玉米种植规程。80栋拱棚和10栋大型冬暖棚已经正常生产运营，产值达1102万元，利润366万元。截至2019年，公司和合作社共流转唐嘎乡和雪乡耕地7800亩，大棚数量达到了98栋。拥有技术人员11人，培养技术骨干26人，基层员工57人。来公司上班的农牧民季节工，年工资约1.5万元。

次仁曲珍视频.png

西藏脱贫攻坚中的巾帼英雄

达珍　达孜区德庆镇新仓村二组

卫藏妇女手工艺农民专业合作社负责人

达珍的爷爷很有名，他曾是扎什伦布寺的佛衣制作人。如今，这一行已经鲜有人涉足。因为家里有这样一个特殊的手艺，也一直是村里的富裕户。

小时候达珍的姐姐读书很好（后来姐姐考上大学，毕业后考上了公务员），性格安静的姐姐特别让达珍羡慕，而她却天性好动，难以专心做好一件事。爷爷为了磨炼她的性子，在9岁时便让她学习佛衣裁剪，并告诉她衣料很贵，也很少，做坏了爷爷可赔不起。就这样慢慢地将她的性子磨得沉静下来。

达珍传承了爷爷的手艺。爷爷走后，达珍全面接手了爷爷的那些特定客户，业务很好，她和姨妈紧赶慢赶也总是不能按时交货，一些传统绣料也会时不时地断供。这让达珍有些头疼。为了解决绣料供给上的问题，达珍四处拜师，学习堆绣。她在老师指导下制作的珍珠绣，至今还挂在她的样品间里。

虽说这解决了一些特殊绣品的供应问题，但光凭她和姨妈两双手，仍然完不成订单。为此她的一些供货商建议她到城里办一间大的作坊，多雇些工人也能多挣些收入，这建议挺吸引达珍的。姨妈一天天老去，身体也不好，再不能为交订单而熬夜。达珍认为必须要扩大生产能力。但问题是在哪里办？城里办很便利，但是却并不吸引达珍。以前达珍曾经有过组织村里因老人孩子而不能外出务工的妇女一起来做的想法。但那时订单量不是太大，就没有付诸实践。如今她的名声和口碑在外很是响亮，订单也

越来越多，有了实现当初想法的可能性。于是她来到村委会，将自己的想法告诉了村干部，村委会对此很是支持，市、县扶贫办和县妇联也很支持，并给予了实质性的帮扶。新的厂房拔地而起，以制作传统藏装等各种服饰、袈裟等佛教用品和装裱唐卡等为主要业务的卫藏妇女农民专业合作社揭牌。

在达珍的努力下，合作社规模不断扩大，共招募23名学徒，学徒都是当地贫困户、低保户及残疾人员，经过达珍与及他师傅两年多的耐心指导，学员中已有6名成为能够独立完成设计、缝制的实干型人才。

目前合作社已经具备了一定的规模，现在有固定社员20人，其中贫困户19名（4名残疾人员），全部来自新仓村贫困家庭。合作社产品做工老到、价格公道，已销售到西藏各地。年均营业收入达到30万元，净利润14万元。同时合作社还成立了业务培训班，传承发扬民族手工艺，为乡亲们开展了多形式多渠道的培训，大大带动了当地剩余劳动力和贫困户就业，拓宽了他们的增收渠道，帮助他们早日脱贫，实现小康。合作社创建后组织开展了两次帮扶活动，为在合作社工作的20名贫困人员发放6000元的帮扶物资，帮助他们解决了生活上的困难。发放职工工资金额达到13.8万元。

达珍视频.png

西藏脱贫攻坚中的巾帼英雄

益西仓决　堆龙德庆区乃琼街道加木村

卡瓦坚公司负责人

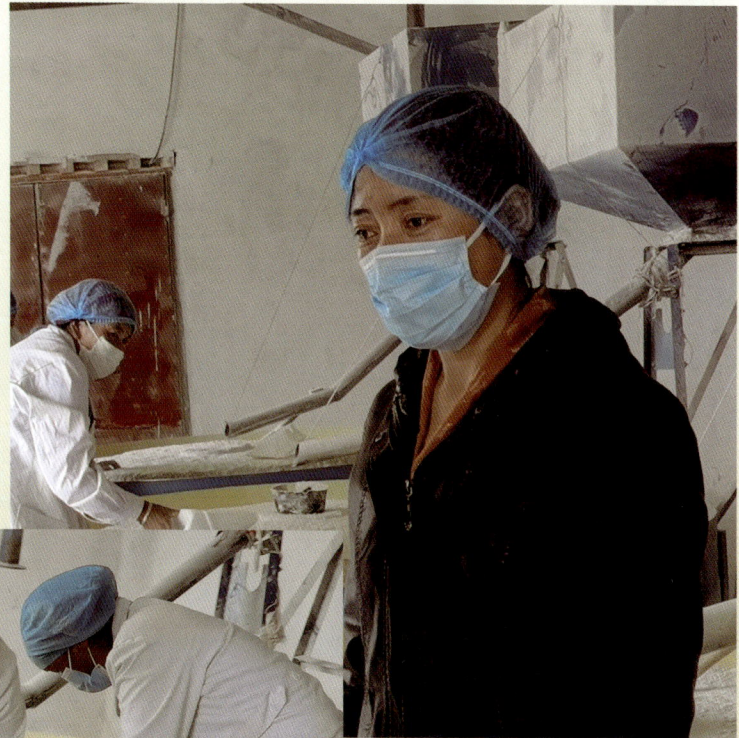

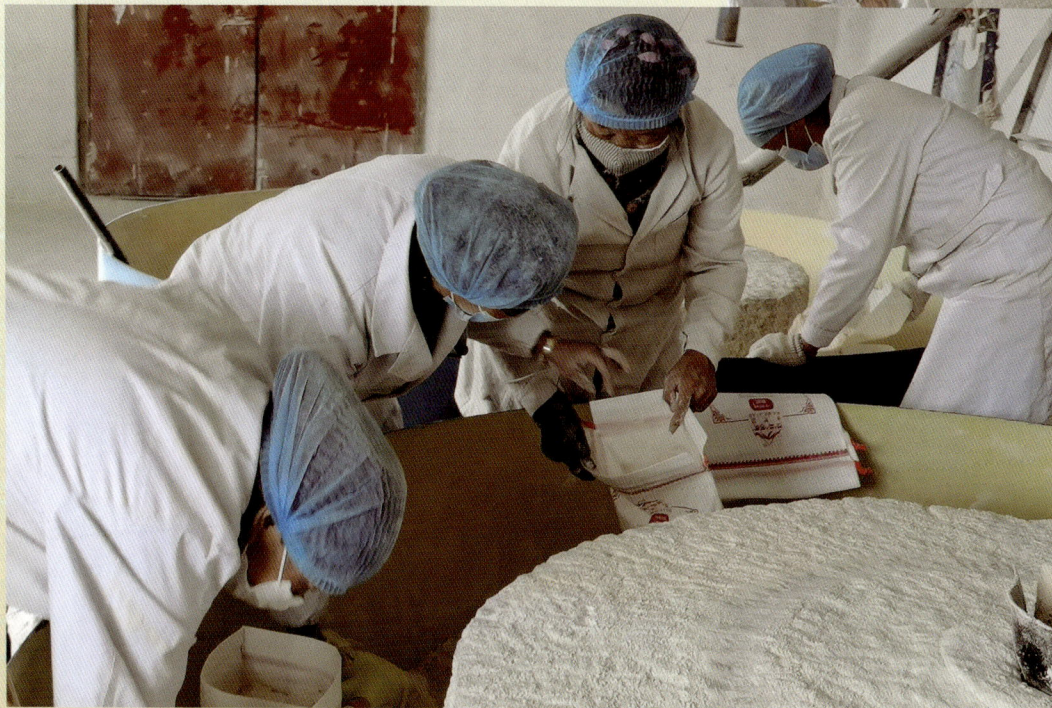

在众多的孩子中，父亲非常疼爱益西仓觉。他总觉得益西仓觉书读得少，是因为益西仓觉从小就帮着父母操持家务，而没顾上好好学习，早早就离开了学校。后来家里富裕了，益西仓觉年龄也大了，再回去读书也不现实。而由于她书读得少，很多事做起来就有些难。个人的发展相对其他孩子就要慢一些。

对于父亲的心思，益西仓觉知道得很清楚，但却觉得父亲完全没必要担心自己。对于人生前途她有着自己的规划，并不觉得人就一定要当什么家什么长才是成功，而是要看你做了哪些有益于大家的事，才会有成就感，反正她自己是这样认为的。父亲经营企业很成功，家里也不缺钱，那么自己工作的重点就应该放在服务于乡亲们身上。村里的公益就是自己应该完成的事业。

2012年，在村"两委"的支持下，益西仓觉建起了村里唯一的一座成规模的糌粑水磨坊。水磨坊建设期间她那不知疲倦的身影总是穿梭在水磨坊的工地上。

2013年，初具雏形的加工坊开始生产糌粑，刚开始只是帮村民们免费磨糌粑，后来她把自己的糌粑注册成了品牌，成立了卡瓦坚公司，当营业执照办下来时，她那淳朴的脸上露出了小孩般的笑容。

卡瓦坚糌粑在市面上的反响不错，她又开始扩大规模，扩建厂房，招收村里贫困家庭的妇女，让她们足不出户就能就业，还可以照顾家里。卡瓦坚糌粑越做越好，越来越多的村里的妇女到她那里工作。"吃水不忘挖井人，致富不落家乡人"，父亲常挂在嘴边的话，对她影响特别大。

2013年，自治区实行"联户平安、联户增收"的双联户模式，她自告奋勇当起了"双联户"户长，为的是更好地把村民们组织起来，一起走上致富道路。她每年妇女节出资慰问全村600多名妇女，看望贫困家庭。她清楚教育是阻断贫困代际的根本，她时时刻刻关心着下一

代的成长，每年为村里的幼儿园捐资，每到"六·一"儿童节，她都要亲自来看望孩子们，给他们带礼物，慰问留守儿童。她还组织全村妇女党员出资购买了15000多只树苗，在村里义务植树造林6余亩，给这片林子起了个名字叫"妇女公益林"。

益西仓觉以实际行动获得了广泛肯定，2015年，益西仓决被评为西藏自治区"最美格桑花"；2017年，被评为全国"巾帼建功标兵"。她到北京参加表彰大会时，动情地说："我是替家乡人民去领奖的，因为是家乡人民的厚爱，才有了今天的我。"

益西仓觉视频.png

西藏脱贫攻坚中的巾帼英雄

穷吉　尼木县续迈乡安岗村四组村民

安岗村阿佳穷吉藏香合作社负责人

爱情总是受着生活的考验，对于这一点穷吉有着很深的体会。

当初看到这位现已是丈夫的他，笔下生辉，将一间间普通的房屋装饰得美轮美奂。这让她心动不已，那双修长灵巧的手，无时不牵动着她的心。

然而当她决定跟着心爱的人去他家乡长久相守时，父亲提出了反对。理由一是男方的家乡太穷。虽说同在一个县，但穷吉的家乡吞巴镇是远近闻名的藏香之乡，家家都会制作藏香，也不愁销路，全镇人的收入在整个拉萨都不算低。再看男方的家乡，也很有名气，那就是尼木县最穷的乡，全靠从不多的土地中求温饱，如果不外出打工，就很难有现金收入。理由二是穷吉在家是最小的闺女，从未下过地，嫁到靠种地为生的地方，先别说吃苦，光不会种地就会被婆家瞧不起，委屈肯定是少不了的。这是穷吉的父母最不想看到的结果。但是，父母的理由并没有说服穷吉，反对无效。穷吉带着对爱情的憧憬嫁到了续麦乡。

丈夫家境不好，他父亲带着三个儿子守着十三亩土地过日子，虽说吃穿不愁，但几乎没有现金可用，再则就是这个没有女人操持的家，日子过得有些惨淡。

嫁过来后不久，穷吉有了第一个孩子。虽说日子过得和过去有很大不同，但她并没有对生活失去信心，她坚信，只要一家人能劲往一处使，机会总会有的，只要能抓住，好日子就会到来。

孩子断奶后，穷吉回了一次娘家，从父亲和亲戚手里余了些藏香，运回续麦乡销售，利润还不错。贩香的生意做得虽然很顺，但却并不能做大，毕竟续麦乡与吞巴乡相距不远，看到做藏香有利可图，参与的人就不会少，利润也就会越来越薄。这里的市场很小。要想扎根这个小小的市场，穷吉觉得应该利用自己娘家藏香之乡的制作经验和技术，增强竞争力，也能带动不少因各种原因不能外出打工的贫困户一起致富。在公公拉巴罗杰（安岗村"三老人员"）的指导下，她与本村的6名贫困妇女协商，在自己藏香店的基础上，购买设备，扩大规模成立了安岗村阿佳穷吉藏香制作经营农牧民专业合作社。

一年下来，安岗村阿佳穷吉藏香制作经营农牧民专业合作社销售额达到了40余万元，净收入达到了10万元左右（含员工工资）。参与的6户贫困户除获得工资以外，每户还得到分红4000元。

合作社经营顺利，让穷吉有了进一步扩大经营的想法，她准备扩大经营范围，将村里大部分妇女吸纳进来做尼木传统的木版雕版印刷，这样既能继承传统技艺，还能使其像吞巴乡的藏香一样，成为旅游资源。她说，这个想法如能实现，增加大家的收入应该不会太难。

穷吉视频.png

其美旺姆　当雄县当曲卡镇当曲村5组

当雄县岗嘎卓姆民族服装缝纫专业合作社负责人

其美旺姆在见多识广的舅舅建议下，学了裁缝。舅舅说，现在能在牧区做传统服装的老技师越来越少了，大多数年轻人又不太愿意学，乡亲们想做一身合身的衣服就得跑去城里订做，费时费钱，也极不方便。父亲也认为舅舅说得在理。其美旺姆在拉萨学习了3年。

学传统服饰裁缝制作技艺一般都要跟师5年以上。但其美旺姆学到3年时，师父便对她说可以出师了。师父认为其美旺姆很有学习能力，也很有天赋。

其美旺姆觉得自己在三年的学习时间里，过得非常愉快充实，虽说学徒期间没有工资，但她觉得自己获得了很多，满载而归。那一年她十七岁。

回到家乡，她没有像一般刚出师的人那样，先找一家裁缝店实习一段时间后，再独立开店，而是向哥哥（哥哥大学毕业后，在阿里电信公司工作）和亲戚借了十万元到县城租房开店。大姐问她，一下子借了这么多钱，就不担心生意不好还不上？她笑笑说，有什么好担心的，就凭自己学到的手艺，还怕揽不到活？只要自己认真地做事，生意一定会好的，店也会越开越大。

当雄县岗嘎卓姆民族服装缝纫专业合作社成立了，主打业务是私人藏装定制。"岗嘎"寓意为"雪山"，表示合作社裁缝的服装是藏装；"卓姆"寓意为"牧女"，表示合作社专为当雄县贫困户牧民妇女提供学习缝纫和就业的机会。

一晃五年时间过去了，其美旺姆一直不忘初心，在自己不断的努力和各单位一直以来的关照和扶持下，合作社还参加了"青创助扶贫梦想赢未来"暨拉萨市第二届青年创新创业大赛当雄县选拔赛，通过展示，最终获得二等奖，并作为当雄县参赛代表参加拉萨市创业组半决赛，所提供的项目从拉萨市各县区的33个项目中脱颖而出，并成功进入总决赛，成为11个进入总决赛项目里的唯一一个当雄参赛项目，最终在决赛上，获得拉萨市第二届青年创新创业大赛总决赛优胜奖。

其美旺姆又作为唯一一名女性代表参加了拉萨市首届"双创"民族手工艺技能大赛当雄县级赛，获得优胜奖。

其美旺姆获得了各单位的肯定与支持，先后接到当雄县妇联、县农牧局等单位的通知，作为当雄县唯一一名妇女代表前往北京、南京、拉萨等地参加培训，接受更高的教育。

合作社成立已有五年多的时间，藏装的销量保持稳定增长，从最初一个月10件到目前年平均5000件。合作社的收入越来越好。其美旺姆决定组织合作社参与脱贫攻坚战，每年带动127户建档立卡贫困户，分红88900元。至今为止累计带动381户建档立卡贫困户，累计分红266700元，先后为10余人提供了就业岗位。

读书改变命运。虽然其美旺姆是乡亲们眼中"最年轻的小老板"，但是她并不觉得自己很成功，因为每一次出去交流时，好多汉语专用词都不理解甚至听不懂，深深地理解了读书的重要性，所以她一直在坚持学习，知识水平也得到很大提升。她每年都要以社会爱心人士的名义从服装店的盈利里拿出一定资金支持大学生返乡服务的公益活动，并给孩子们发放包、文具等学习用品。

其美旺姆视频.png

西藏脱贫攻坚中的巾帼英雄

白玛卓嘎　当雄县龙仁乡

当雄县白玛卓嘎妇女农畜产品加工销售专业合作社负责人

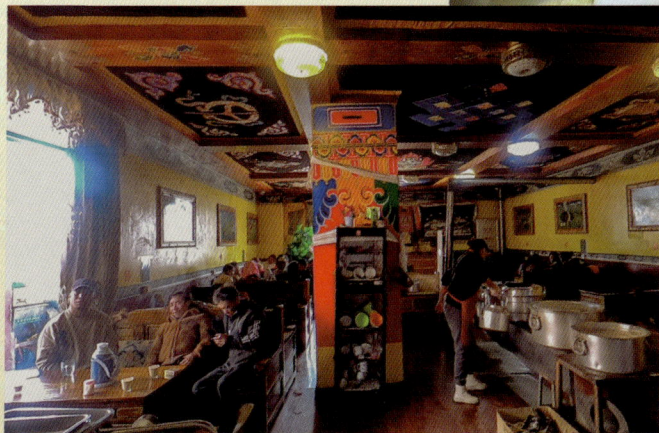

白玛卓嘎先是在日喀则一个药店里当销售员。工资还不错，但因为要替父亲还债，生活依然拮据。

　　药店里的工作虽说很忙，但是正常上下班，下班后还有很长的时间可以利用，白玛卓嘎就想利用这段时间做些什么。一天她下班后，闻到一股烧烤的香味。这香味让她想到了怎样利用下班后的时间。

　　白玛卓嘎用前两个月的工资买了一辆三轮车，定做了烧烤架，小小烧烤摊便开了张。头几天生意惨淡，她急得直哭。房东阿姨看到她哭，尝了尝她的烧烤，说："就这味道，难怪生意不好。"于是便教她做烧烤的诀窍。房东阿姨早年做过烧烤生意，有一把好的烧烤手艺，后来年龄大了才不做了。

　　学到了好的手艺，白玛卓嘎的烧烤摊生意越来越好。生意好了，人也就更忙、更累了。晚上卖烧烤到第二天凌晨，刚睡了3到4个小时的觉，就又得去上班了。白玛卓嘎说自己那时站着就能睡着，同事和邻居都不理解地问她："你一个小姑娘这样不要命地挣钱为了啥？看看你周围的同龄人，有谁像你这样拼命？"白玛卓嘎总是笑着回答说："年青人多干点没啥。"

　　一年后因之前生意失败而失踪的父亲有了消息，从他打来的电话判断，父亲应该在拉萨，于是白玛卓嘎和母亲在拉萨找了三天才将父亲找到，她对父亲说："生意虽说失败了，但只要敢面对，就有翻身的机会。再说不是还有家人吗？不要再跑了，债咱们慢慢还，总有还清的那一天。"

　　日子在忙碌中慢慢过去，期间白玛卓嘎做过许多行业，用她的话说，只要不犯法，只要能挣钱，再苦再累她都会去做。所以时至今日，她不但还清了父亲的借款，还积攒下一份不菲的资产。

　　近十年的打拼，让她有了与同龄人不同的成长经历。她想到了老家的那些贫困家庭，想到了有劳力但因家庭等种种原因走不出去而无法增收致富的妇女，便开始有了带着她们一起创业致富的想法。2018年4月，她注册了当雄县白玛卓嘎妇女农畜产品加工销售专业合作社，组织乡里的30多户困难家庭，包括单亲母亲、低保户、边缘贫困户等，到那曲安多县采集牦牛奶源，制作奶制品，到拉萨市区销售。期间得到当雄县团县委和妇联的支持，拉萨市妇联多次到合作社指导，扶持资金10万元。她还在乡里经营家庭旅馆，又在县城开了一家宾馆和川菜馆。一年给合作社成员和就业贫困户发放分红、工资以及给其他贫困户（25户）发放慰问金近50万元。

龙仁纯酸奶店
白玛卓嘎妇女合作社电话：1898905099

25

白玛卓嘎视频.png

西藏脱贫攻坚中的巾帼英雄

卡果　林周县强嘎乡连布村冲嘎组

林周幸姆钦农机种植农民专业合作社负责人

27

卡果今年58岁了。2019年8月，她57岁时，村里的干部找到她，商量由她带头成立种植合作社，将村里无人耕种的荒地和集中流转的土地共计200余亩地利用起来。

村里之所以让她来牵这个头，是因为她是村里的种地能手，是拉萨市农科所优良青稞、小麦、油菜品种在林周的实验大田的长期种植户。经她手推广了优良的5种青稞品种及2种小麦品种。通过种植，她积累了一些种植经验，并毫无保留地将其传授给群众，分享科技种田的成果，带动村民实现粮食增收。

然而，她和家人商量成立合作社时，却遇到了阻碍。孩子们不愿阿妈太过操劳，毕竟阿妈的年龄大了，要是在城里，也是退休的人了。再说家里现在条件好了，不愁吃穿，干吗还要去做那吃力不讨好的事？

卡果理解孩子们的孝顺和担心，但是，她心中却另有想法。她虽说现在年龄比较大了，但一直是村里的干部，知道些国家大事，知道"要把饭碗牢牢端在自己手中，走出一条新时代粮食生产可持续发展之路"的道理。如今自家富裕了，孩子们出息了，都得益于党和政府的好政策。"吃水不忘挖井人"，是做人的本分。既然村里干部看得起自己，让自己主持此事，那就好好干，干出成绩来，也不辜负"林周县女科技明白人""拉萨市女科技致富带头人"和国务院"全国种粮大户"劳动模范的称号。

2019年8月，林周幸姆钦农机种植农民专业合作社成立，主营青稞及饲草种植。卡果带领5户种植户，实行"公司+基地+农户"的生产模式，降低种植产业的市场风险，通过统一采购原料，降低生产成本，统一生产技术规范，提高品质，扩大生产规模，提高经济效益，来促进农业产业化发展。

卡果视频.png

西藏脱贫攻坚中的巾帼英雄

拉巴片多　林周县鹏博健康产业园区

拉萨楚布文化传播有限公司负责人

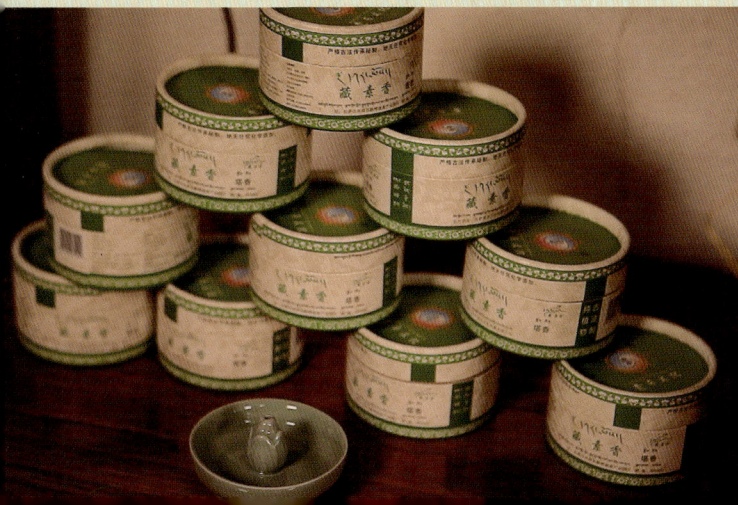

2014年底，已经挂牌一年的拉萨楚布文化传播有限公司的样品间里，拉巴片多满面愁容地看着货架上各种各样的旅游产品，虽然这些样品让她有着很强的自豪感，它们都是她和公司的同事们不知熬了多少个夜晚才设计出来的。她本以为凭着自己多年做导游的经验设计出来的这些产品一定会大卖特卖。但是，理想很丰满，现实很骨感，新产品鲜有人问津。这让一直都自信满满的她，倍受打击。

拉巴片多的确很优秀，她是西藏第一批持证的专业导游，还曾获得"全国十佳导游"称号。做导游时口碑极好的她从来就不愁没有团带，事业一帆风顺。

然而，文化传播公司成立之初，好运并没有随之而来，紧跟的却是不停地失败，最初的三年一直负债经营。为此事，拉巴片多向内地做大事业的好友请教。朋友说她公司的定位不明确，藏文化是个大概念，要落实到某类具体的商品上。想要面面俱到是件很难的事，顾东失西，失败便不可避免。公司初创之际，应该专营某类既有民族特点，又很实用的产品。

这样的产品不就是藏香吗？可做藏香的企业很多，能竞争得过吗？

"开始，我每天的工作就是背上一大捆藏香，到八廓街向各经销商和游客推销。起初我以为楚布藏香质量好、真材实料，推向市场后肯定会有很好的销路，但事实却并非如此，看到仓库里堆满了滞销的藏香我感到压力特别大，也沮丧过。我和合伙人经常会因为一些事情吵得面红耳赤，一度产生了放弃创业的念头。"拉巴片多笑着说。

我区市场上有400多种各式各样的藏香。为了能够成功打入市场，让楚布藏香在市场上站稳脚跟，楚布文化传播有限公司始终坚持"没有最好，只有更好"的服务理念，把"严格古法传承秘制、绝无任何化学添加"作为公司品牌定位，合理铺点销售，大力推广宣传。经过不懈努力，公司最终在我区藏香市场占有了一席之地。通过严格的检测和评比，公司生产的藏香被北京故宫博物院珍藏，并先后荣获"拉萨巧手"首届拉萨旅游商品（设计）大赛一等奖、第三届西藏旅游商品大赛最佳旅游商

品金奖等荣誉。现在公司生产的藏香不但没有库存，而且订单不断。辛勤付出终于有了回报。公司下一步的目标是做好专利申请，争做行业标杆，把企业打造成拉萨市龙头企业。

"不忘初心、牢记使命"，拉巴片多在自己创办公司发家致富的同时一如既往地关心支持社会公益事业，多次踊跃捐款捐物，帮扶社会困难。公司还积极响应自治区"百企帮百村"号召，为拉萨市"两年脱贫、三年巩固"的任务目标做出自己应有的贡献。从公司创办到现在，带动周边农牧民和西藏籍大学生就业，人数达30名，其中林周县境内建档立卡贫困户3名、西藏籍大学生8名。2019年发放农牧民及大学生就业工资合计70余万元。

2018年，公司在林周县境内购置产区用地6千余平米。2019年10月底已完成建厂消防和环评手续，拟于2020年动工建设厂房，计划两年后投入使用。随着产区规模的扩大，公司将会在林周县境内招募更多的制香工人，为当地老百姓解决就业问题。

拉巴片多视频.png

西藏脱贫攻坚中的巾帼英雄

仁青桑姆　墨竹工卡县日多乡拉龙村

日多思情拉错绿色牧畜产品加工专业合作社负责人

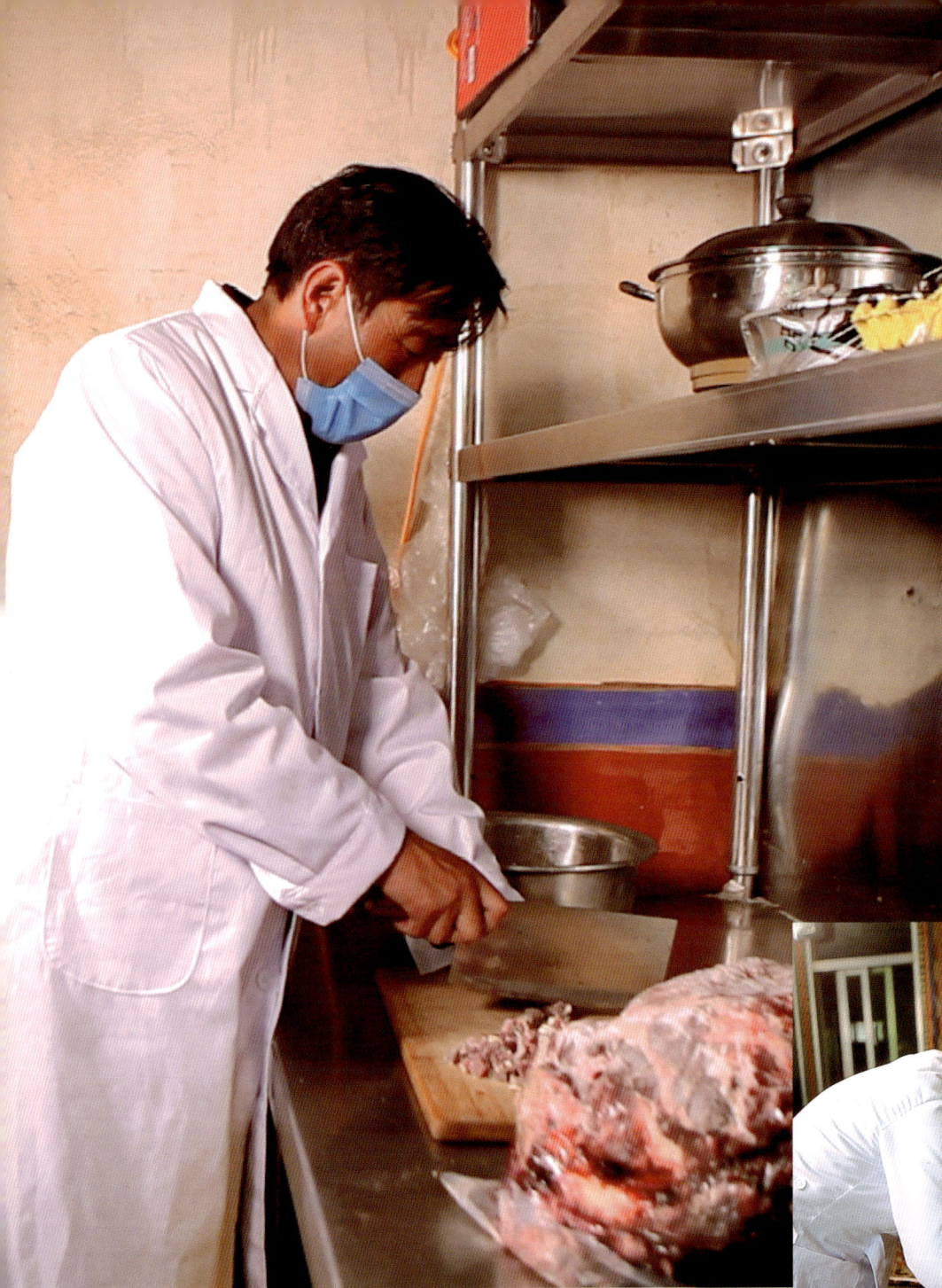

从拉萨往林芝方向，就在日多温泉旁——"刚坚丁肉妈妈饭馆"很好找，招牌不大但显眼。老板娘仁青桑姆是一位中年妇女，这个餐馆是她一手经营起来的。20年前，当看到农牧区妇女一年到头辛苦劳作也挣不到多少钱，仁青桑姆便一心想闯出一条发家致富的路子来。

经过一番考察，仁青桑姆发现牦牛"丁肉"很受周围群众青睐。于是，1998年，她决定拿出家里所有的积蓄1万多元开一家"丁肉"饭馆，同时经营甜茶、藏面、自制辣椒等业务。

仁青桑姆生活变好了，2010年，她又成立了畜牧产品加工专业合作社，加工酸奶、奶渣、酥油等，并创办了专属品牌产品。不仅在本县销路好，在整个拉萨也很有名气。

如今，仁青桑姆成了当地的致富带头人，资产从最初的1万元增加到现在的100多万元，饭馆由20年前的小店扩成了目前的二层小楼。还有了自己的家庭旅馆。"旅游旺季，光是餐馆，每天就能挣到三四千元。"仁青桑姆说。

致富不忘乡亲。近年来，仁青桑姆主动吸收困难群众20余人到自己的合作社和饭馆工作，人均年增收1.2万元。她还经常深入乡村学校、困难户家中慰问，平均每年捐赠1万元。同时，她还积极参与扶残助残、公共服务、志愿服务等社会公益活动，争做社会主义道德风尚的引领者，先后获得过自治区"最美格桑花"、自治区妇联"三八红旗手"称号，其家庭还被评为"自治区文明家庭"。

仁青桑姆视频.png

西藏脱贫攻坚中的巾帼英雄

曲旺　墨竹工卡门巴乡仁多岗村热色小组

墨竹工卡直孔热色藏药香加工合作社负责人

曲旺的生活说来其实挺平实，也很顺，用她说的一句话概括就是：如今党和政府给了西藏极其优惠的帮扶政策，只要勤劳就能致富，自己的致富之路就是证明。

因为乡里有牲畜牧业合作社，曲旺家里的牲畜可以委托合作社照料，不用去牧场，家里的地也不多，她的时间就有了富余。于是，她便根据家乡背靠两座名寺和一处温泉，游客很多的有利资源条件，在乡里办起了甜茶馆和小卖部，收入还不错，家境渐好。后来她结了婚，婚后的日子平淡而实在。一次到拉萨进货，听到丈夫在藏医院工作的弟弟和他的同事聊起藏香，说到藏香和藏药香的区别，并说如果有人能下功夫找到藏药香的原始配方，定会销售得很好，不过因为其中一些草药产量很低，藏药香注定不能大销，这便是很少有人关注的原因。听到这些，曲旺便想，藏药香虽说不能大销大卖，但订单肯定会很稳定，做起来平平稳稳，既能时时照顾到已是近80岁的双亲，又能有一个有稳定收入的产业，何乐不为？于是夫妻俩拿出多年的积蓄20万元，又找了7户贫困户入股（各出了5000元），于2010年成立了直孔热色藏药香合作社。

合作社成立的头一年，曲旺的主要精力放在了寻找藏药香原始配方上，功夫不负有心人，终于在直孔梯寺的经书中查到了一些线索，在丈夫弟弟的帮助下，成功还原了藏药香配方。配方是找到了，但是那23万元钱也花得差不多了，为了购买原料，组织生产，曲旺四处借钱，乡里的亲戚朋友都让她借了个遍。好在当初她的判断准确，样品一出来，订单就来了，很多是拿着现金到合作社等货。第二年曲旺就全部还清了债务，并进行了分红。

2014年，曲旺申请了专利，久布日牌藏药香。如今，她们已开发出7种藏药香产品，销售到市内各县区市场、各旅游景点、净土健康产业销售点，年收入达到15万元，纯利润超过5万元。良好的经济效益还间接带动了周边25户农户

增加收入。合作社为当地百姓增收提供了良好的平台。

曲旺自成立专业合作社以来，不忘帮扶周围人，不管谁家有困难她都问寒问暖、跑前跑后，帮助解决。生活中，谁思想上有了疙瘩，她总是想方设法帮助解开。她把他们当做自己的兄弟姐妹，把邻里建设成了一个温暖的大家庭，提起曲旺，村民都会树起大拇指，夸口称赞。

曲旺视频播放.png

西藏脱贫攻坚中的巾帼英雄

欧珠旺姆　曲水县南木乡南木村

南木乡欧珠妇女之家种植农牧民专业合作社负责人

43

欧珠旺姆从小就过继给了舅舅家顶门户。舅母连续生养了几个孩子，都早早地夭折了，她身心俱损，无法理家。所以欧珠旺姆年龄很小时，就已经在家管事，顶起了半个家。

结婚后她就更忙了，地里的活很多，一年忙碌下来，也只够保个全家人的吃穿。看着身边许多走出去打工的乡亲，大都有了不错的收入，而她家上有老下有小，丈夫只能在农闲时外出打些零工，由于没有什么技能手艺，收入少得可怜。眼看着自家就要落入贫困户的行列，这让好强的她，心急如焚。

村里组织村民试种植树苗，多数乡亲大多心存疑虑，不愿冒险。欧珠旺姆却从中看到了机会，她相信政府不会坑群众。政府号召大家种植树苗，一定是有市场需求，只要种得好，一定能卖好价钱。再说就算不懂种植技术，县里的农科所不是还常年有人在村里指导吗？担心个啥！

2000年，欧珠旺姆尝试着种植了2亩北京杨。经过三年的精心培育，2003年成功地卖掉了所有的树苗，不仅偿还了之前的欠款，还赚取了一笔可观的收入，算是人生的第一桶金。家人尝到甜头之后也开始支持她的事业。自此以后，种植面积从最初的2亩逐渐发展到14亩，种类也从单纯的北京杨发展到新疆杨、核桃树等，苗圃种植初具规模，经济收入也有了大幅提高。这时，她逐渐发现种植技能的缺乏成为苗圃发展的瓶颈，便把要学习技能的想法告诉了联户群众，得到了联户的积极响应。她积极参加培训班，学习先进的种植技术，对苗圃加强了技术指导，获得了高额利润，积累了丰富的经营经验，尝到了科学种植的甜头，创业的劲头更足了。

南木村土壤肥沃，灌溉便利，种出来的青稞穗子大、秸秆粗、个头高，非常适合做"切玛"花。同时，欧珠旺姆发现周边销售彩色麦穗和过年花的商家寥寥无几，而这两样又是过藏历新年时必不可少的东西，家家户户都要购买，市场需求量非常大。因此，2014年春天，欧珠旺姆在自家的一亩地里试种了过年花和彩色穗麦子，且长势良好，在经过加工后全部售出，收入可观。

2014年年底，欧珠旺姆带领南木村三组另外4名妇女每人出资5000元成立了曲水南木乡欧珠妇女之家种植农牧民专业合作社，专门种植过年花和彩色穗麦子，销往周边乡镇，经营收入除一部分用作合作社自身发展所需资金之外，其余全部分红。由于合作社发展良好，越来越多的妇女自愿加入进来。种植规模逐年扩大，合作社社员每年分到的红利也逐年增加。截至2018年底，合作社成员已由最初的5人增加到23人（其中党员9名，贫困户2名），种植面积扩大到6亩，每人分到的红利从2015年的1800元增加到4500元左右。

合作社自成立以来，主要经营过年花和彩色麦穗业务，经营项目单一，增收渠道狭窄。欧珠旺姆意识到，想要把合作社继续做大做强，想要让社员的钱袋子越来越鼓，就要在经营范围上下功夫。2016年，欧珠旺姆经过深思熟虑后将自家的9亩苗木入股合作社，并且逐年扩大种植规模，截至2018年底，苗木种植面积扩大到25亩左右，收入达9万元（其中3万元用作合作发展经费，6万元用作分红）。除此之外，合作社还试种了藏葱和藏萝卜等。平时，欧珠旺姆也尽自己所能帮助组里维修村道，帮助贫困户出医疗费，为困难学生交学费，慰问贫困户等等。荣获"女致富带头人""双学双比女能手"称号和"中国梦·西藏故事"农牧民宣讲电视大赛二等奖。合作社还被评为"双创先进合作社"等。

她乐于吸取新知识，刻苦学习科技文化知识和实用技术。除了发展壮大苗圃基地，带动周边的乡亲增收致富外，她还引导村里的百姓多掌握一点知识，能读懂报纸上刊登的党的好政策。2016年12月，在县妇联的引导下，她和南木村妇代会主任玉罗利用三组文化室组织南木村30名妇女开办了为期一个半月的藏汉双语巾帼夜校培训班。2017年12月，再有28名妇女参与其中。在县委、县政府的大力支持和帮助下，2018年，巾帼夜校培训班由南木村一个村民小组扩大到四个，参与培训妇女达70名，由村妇联主席玉罗和能掌握藏汉双语的农牧民群众授课。夜校创办的目的主要是帮助农牧民妇女群众识字、写字、读报，还传授了一些日常生活中手机、家电的操作和使用，比如手机保存联系人名字、电饭锅和电冰箱的操作使用等的方法。学员们学习认真积极，学得也快，培训如期完成。从一字个识，到会读、会说、会写，南木村妇女的学习有了质的进步。

欧珠旺姆视频.png

西藏脱贫攻坚中的巾帼英雄

达瓦卓玛 曲水县茶巴拉乡柏林村四组

曲水茶巴拉卓玛民族服饰农牧民专业合作社负责人

达瓦卓玛开始外出打工时，并没有走得太远，她来到老曲水大桥边等车时，无意中看到了一个招工告示，店家就在桥对面那一排的商铺中。老板很年轻，听口音大概是河对面的山南人。店里的生意很好，老板个人忙得满头大汗。见此，达瓦卓玛不由自主地帮起忙来，这一帮便长长久久地你帮我帮你地帮了下去，并很快擦出爱情的火花。

达瓦卓玛夫妻俩都是很实在的人，在当地有着很不错的口碑。后来机场高速通车后，桥头这个因路因桥而形成的小市场便慢慢地消失了。为了寻找新的发展地，达瓦卓玛来到拉萨河畔达嘎乡的扶贫搬迁点——拉萨河畔三有（有房子、有健康、有产业）村，正好遇上村第一书记如吉，如吉在了解情况后和他们夫妻订立了扶持产业引进项目合同。村里出场地和部分资金，达瓦卓玛夫妻出其余资金和技术，联合茶巴拉乡6位农牧民，共投资30万元（包括曲水县妇联资助的5000元创业资金），成立了茶巴拉卓玛民族服饰农牧民专业合作社。

合作社现有一间办公室、一间门店、间车房、两间染色房，占地400多平方米。有30台服装制作机器、3台锁边机、两台提厚机，现有定期工作人员9名、不定期工作人员23名。其中有15名建档立卡贫困户；有一名设计人员、一名专业指导师、一名管理人。在人手和门面增多的条件下，合作社生产出更多、更丰富、更齐全的产品，满足了更多顾客的需求。而且合作社的店员以热情周到的服务，使得合作社生意蒸蒸日上，在成立的短短半年内，就得到顾客的一致好评。合作社接连荣获"巾帼创业就业示范基地""曲水县青年就业创业见习基地""拉萨市第二届青年创新创业大赛曲水县选拔赛二等奖""优秀合作社"等荣誉。

合作社保障了现有员工的收入，但达瓦卓玛并没有因此而止步，而是决心为了更多农牧民的利益继续扩大经营范围，寻找其他途径使更多农牧民受益。达瓦卓玛有自己的创业理念："光自己富不算富，必须在自己富的同时，带动和帮助一批贫困人员脱贫致富。"合作社创办了曲水县藏式服装加工培训班，招录在家赋闲的农牧民，向他们宣传党的富民政策和勤劳致富的思想，传授藏装制作技巧，培养其掌握一项谋生技能，也为合作社生产出更多更优更新颖的产品提供了劳动力，一举两得。

除此之外，合作社还一直帮助困难户和养老院老人，如：在2018年春节和藏历新年前，合作社负责人在达嘎乡三有村慰问了23位员工及其他贫困户，送上面粉、米、油，以感谢员工们一直以来的辛勤劳作和鼎力支持，激励其他贫困户通过自己的双手脱贫致富。2019年6月，合作社负责人慰问了三名大学生和三位残疾老人，并为十几家贫困家庭送上慰问品。

达瓦卓玛说，在今后的日子里，合作社会更加努力，在扩大生产规模的同时，帮助更多需要帮助的人，带领更多贫困户一起富奔小康。

米玛　萨嘎县夏如乡拉亚村
萨嘎县夏如乡拉亚村妇女编织专业合作社负责人

53

拉亚村靠着雅鲁藏布江边，依山而建。它距乡里约50公里，距县城130公里，东与昂仁县、聂拉木县相连，西与吉隆县为邻，是邻近几县较为便利的交通通道，过往人员来来往往。

米玛的父母都是老党员，他们是民族改革时首先站立起来的农奴。父亲曾是乡干部，母亲也是村里的老妇委会主任。从小受着两"老革命"教育长大的她，总觉着有一份责任在身。

2000年，30岁的米玛，当选为村里的妇委会主任，母亲对她说："当选为村干部，是信任，是荣誉，更是一份责任，要牢记你的责任是什么，好好干，别让阿妈失望。"

从那时起，一直到今天，米玛都没忘记母亲的嘱托，一直兢兢业业地为村里妇女服务，引导帮助大家改掉生活中的不良习惯，并以此为契机根除一些致贫因素。

村里一些单亲母亲一人带着几个孩子，无法参与到正常的劳动生产中去，因此也就没有稳定的经济收入。村里的贫困户，她们就占大部分。米玛建议村委会在村规民约中制定详细的帮教条款，并为她们解决实际困难，实实在在地拉她们一把，让她们和大家一起行走在致富的金光大道上。这便是米玛在村里开办合作社的初衷。

拉亚村妇女编织专业合作社于2014年成立，最初只有10人，均为单亲母亲。后又发展60余名妇女（40人参加了编织培训，拿到了编织技能证书）入股每股出资3000元，总额20万元。合作社现在固定资产有50万元，资产负债率为0%；2017年、2018年、2019年年经营收入分别为25、26、23万元；2019年合作社实现总收入23万元，盈余2万元，其中分配盈余1万元，占可分配盈余的100%；固定社员年工资平均达到3500余元，流动社员年平均收入为2000余元，比当地农牧民年人均收入高10%。合作社主要经营藏式卡垫、毛毯、藏被、民族编织手工艺产品。

合作社以"合作社+贫困农户"的发展模式经营，积极建立"合作社发展与农民增收"的长效机制。为解决包括单亲母亲在内的贫困户农牧民群众就业难、收入低、无技术问题，合作社大力吸收贫困农牧民及其子女（尤其是精准扶贫明白卡家庭子女和低保农户子女）就业。目前，厂房面积约为360㎡，院内面积150㎡，容纳60支编织架。目前合作组织成员发展到125户。现年产藏式被子500床、藏毛毯200件、邦垫60件，并积极跟县民政局等相关部门协商，拓宽销售渠道。2019年共销售560余件产品，收入23万元。其中75%的收入用于兑现成员工资，20%的收入扩大再生产，5%的收入用于帮扶贫困群众。

米玛视频.png

西藏脱贫攻坚中的巾帼英雄

小王　仲巴县亚热乡里孜村

亚热乡里孜村牧民创业合作社编织作坊负责人

小王的父亲是支前模范，是劳模，是小王心中永远的骄傲，也是激励她积极向上，争做一名优秀共产党员的坚强后盾。

小王也不愧为父亲的好女儿。

2012年，小王在里孜村支书任上，积极兴建村温室大棚蔬菜种植基地，组织全村贫困劳力对8个温室进行翻土、播种、管理。虽说大棚的经济效益不是太好，但也让生活在这海拔4700米以上的牧民们吃到了新鲜蔬菜。通过实践，她认识到，要想把村经济搞上去，就要树立商品观念，就要把搞好全村的蔬菜生产当作脱贫摘帽的具体措施来抓。她召集村"两委"会议，和班子其他成员一起商量对策，鼓励教育群众转变思想观念，树立以勤劳双手致富为荣、以"等、靠、要"为耻的观念，并成立里孜村农牧民专业合作社，作为编织作坊负责人，小王自己带头示范，手把手向妇女群众传授编织技艺。合作社编织作坊在她的带动下，经营顺畅，效益不错，每年能向5户贫困户分红3500元。合作社不仅解决了贫困户就业问题，同时也增加了贫困群众的收入，从而也展现了独特的民族文化。2018年，里孜村15名贫困户顺利脱贫摘帽。每次村里召开会议她都鼓励年轻人外出打工或者在乡周围工地务工，只要他们愿意去，小王就多方打听联系。经过她的鼓励和引导，里孜村很多年轻人都主动外出务工。正是在她兢兢业业的带动和努力下，2015年里孜村获得"巾帼示范村"荣誉称号。

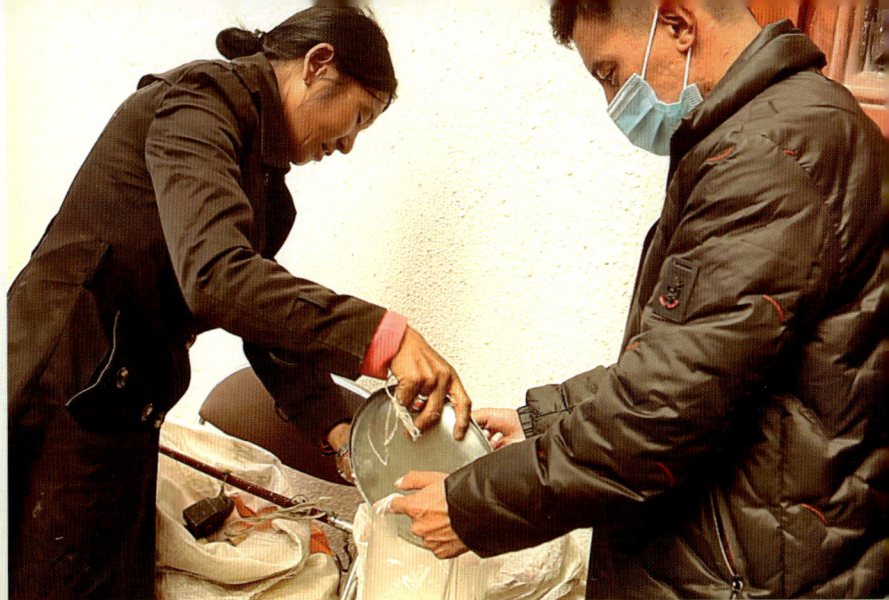

59

小王视频.png

西藏脱贫攻坚中的巾帼英雄

卓拉　昂仁县卡嘎镇雪村

昂仁县吉木措妇女民族手工加工专业合作社负责人

卓拉兄弟姐妹多，她是家里的老三，她下面还有6个妹妹、2个弟弟。所以她在很小的时候就被父母送到日喀则做织毯学徒，三年后出师。那时卓拉15岁。出师后，师父觉得她年龄小，怕她一人无法撑起一间作坊，就没有放她外出独立经营，而是让她在自己身边做了拿分红的雇工。师父觉得她很有灵性，有着织毯这行里的高天赋。当然卓拉也不想离开师父独立，因为父母亲在她出师后就说要她担起供养弟弟妹妹的责任。所以她需要钱，需要很多的钱，而能稳定地提供这份收入的只有师父，毕竟师父在日喀则织毯行业里有着很大名气，她的作坊织出的卡垫从来就不愁卖，每年的订单都做不完。

时间就像卓拉手中穿梭的羊毛线，不知不觉就将岁月编织成一片片年轮挂毯。弟弟妹妹渐渐长大，纷纷成家立业。卸掉重担的卓拉这时才觉得自己是不是也应该成一个家了，一场平凡的爱情降临了。为了爱情，她放弃了在日喀则打下的良好基础，义无反顾地搬回到昂仁县城——丈夫的老家。刚到时，丈夫家里什么都没有，连房子都是租的，但卓拉却并无不满，她相信自己的双手，相信只要两人同心，再难也能闯过，比这大的难关，卓拉不是没有见过，不也是顺利地闯过来了吗？然而，现实却当头给了卓拉一棒。编织上聪慧灵巧的她，在现实生活中却无识人之能，被爱情冲昏了头脑，结婚后丈夫便露出了真面貌，好吃懒做，爱玩爱赌，夜不归宿。于是，离婚便是卓拉唯一的选择。

卓拉原本想离婚后便回日喀则重新开始，但是期间发生了一件很偶然的事让她留了下来。

在卓拉的老家昂仁县多白乡汝木村，有一次老乡上山挖草药，从崖上摔了下来，卓拉帮忙救护，无意中看到老乡的竹筐里有几味染色用的草药。一问

才知道，这是唐卡画师订购的。说是画上去不掉色。正是这几味草药启发了卓拉，既然画唐卡不掉色，那么染毛线也一定不会掉色，且传统唐卡颜色丰富亮丽，都是用了这些矿物质和草本颜料。然而这些年市面上的卡垫地毯多是用传统染料加化工染料染色，价格便宜，但不经洗，时间长了会褪色。如果全部用传统染料染色价格是高些，但不怕洗，也不掉色，会有一些收入高的人喜欢。而昂仁县当地的山上就出产这些染料，量虽然不大，但供自己的加工坊应该还是够用了，这样当然是留在县里更便利一些。

2013年，卓拉创办了昂仁县吉木措民族手工加工专业合作社，凭着她精湛的手艺和巧妙的构思，织出的挂毯在日喀则市昂仁县举办的创业大赛中荣获"三等奖"，在第三届中国西藏旅游文化国际博览会荣获妇女手工制品参展作品"三等奖"。

自合作社于2013年7月成立以来，在昂仁县委县政府的支持以及县扶贫办妇联的直接领导帮助下，各方面都取得了显著的进步；合作社规模不断扩大，有了专门的厂房，员工人数达到了14名，也有了专业的技术人员和管理人员，有了比较系统的管理体系和管理模式。卓拉多次应邀参加民族特色手工编织展销活动，特别是2019年先后参加了日喀则市珠峰文化节物资交流会和第三届中国西藏旅游文化国际博览会，受到区内外消费者的高度评价和肯定，产品供不应求。

62

63

卓拉视频.png

西藏脱贫攻坚中的巾帼英雄

次仁央金　拉孜县曲下镇曲下村

西藏南卡亚拉文化旅游发展有限责任公司负责人

大学毕业后，次仁央金考到了县堆谐剧团，做了一名舞蹈演员。这源于她对传统舞蹈堆谐十分地痴迷。

在剧团一年的表演生活，让次仁央金开心自信，原以为这就是自己今后工作生活的常态，即使以后年龄大了，跳不动了，也可以当舞蹈老师或者导演什么的。可谁知这才过了一年，家里出了些变故，使得她不得不辞去剧团的工作。

工作在没有思想准备的情况下，就这样没了。今后该怎么办？心大的她却一点也不担心。既然没了那种有单位管着的工作，那就自己单干好了。说干就干，一间时尚女装店开业了，而经过几个月的惨淡经营又关门了，一来一去，近10万的投资消失得无影无踪。那可是她厚着脸向哥们姐们借的，家里人还都蒙在鼓里。

虽然近10万的投资打了水漂，但却收获了经验，年轻时失败几次不是坏事，你还有时间改正，要是到老了，才经历失败，那可就惨了，时间没有了，

一切白谈。次仁央金一边这样安慰着自己，一边想着怎样才能继续走下去，到什么样的点才能做到真正创业立业。总之生意是必须做的，要不哪来钱还债。也不知是谁将次仁央金做生意亏损了不少钱的事，靠诉了她家里。家里并没有过多地责怪她，而是要她多出去看看，咨询咨询。她来到了拉萨，当看到一帮年轻人开办的众创空间时，她知道自己今后的路该怎么走了。她在镇政府以及家人的支持下，带领同龄的90后大学生，创办了西藏南卡亚拉拉文化旅游发展有限公司，以传承和产业化发展拉孜本土特色卡垫编织业为主要抓手，辅以现代经营理念，借助先进的传输传播工具，带动58名当地妇女技工稳定就业，实现年人均收入3万元。同时又以民族服饰类产品的代销和生活上的物资慰问等方式，绑定式结对帮扶一个行政村的全体贫困户，帮扶资金共计10余万元，受益贫困群众17户56人。在她的带领下，公司取得不断发展，产品市场反映良好，供不应求，卡垫编织业已成为当地支柱产业。截至目前，公司运作初具规模，员工达到18人，培养了独立的专业设计、策划、生产和销售团队，期间着重培养了9名大学生。

次仁央金清楚，现在公司还处于草创期，要达到成功还有不少的路要走，期间的艰辛也一定不少，不过她有思想准备，也更有信心。她相信自己的团队，只要大家同心协力，劲往一处使，努力奋斗就一定会成功。

次仁央金视频.png

西藏脱贫攻坚中的巾帼英雄

次仁　拉孜县锡钦乡锡钦村

拉孜县锡钦拉让羊毛加工农民专业合作社负责人

对于文化知识,次仁有着一种强烈的热爱。她相信老师说的,知识能改变人生。

32岁那年,她成了拖着两个孩子的单亲妈妈,还被定为贫困户,这让她十分沮丧,觉得在孩子面前很没面子。她觉得自己并没有那么差,也不是不努力。离了婚,独自带孩子,是很辛苦,地里的活计是有些顾不过来,地里的收成不是那么理想。可再怎么着也不该是贫困户呀。不行,这帽子不能戴,戴着这帽子让孩子们怎么看自己。怎么看还不是最主要的,问题是要是挫伤了孩子们的自信心那该怎么办?没了自信心的孩子,书一定读不好,学不到文化知识。他们怎么改变自己以后的生活?

次仁向亲朋好友借了一些资金,开了一家小卖部。说它小是因为小卖部小得放了货架后,只有一人进出的空间。小卖部不是时时都有生意,在没有客人的时候她便自己制作谢玛、氆氇、邦典。在拉孜,除了极少数的妇女不会编织外,其余都可称为编织能手。这是因为会不会编织,是衡量一个女性是否勤快的标准之一。手艺好的年轻妇女,相对也会嫁得好。

次仁在去日喀则进货时,顺带着将自己编织的手工艺品拿到市场上,想看看市场行情。没想到市场上已经有了许多这样的产品,但卖得都挺贵。卖贵的理由大都是"纯手工""传统染色"等等。但因为太贵,产品卖得就很慢。那么怎样才能卖得好呢?有了开小卖部的经验,次仁知道,资金流动越快也就越赚钱。她连续好几天待在市场里,了解到编织手工艺品有市场,有很多客人并不在乎是否是传统染色,他们喜欢的是花色漂亮、价格便宜、经济实用的产品。

次仁回到乡里便组织和吸引锡钦村、荣白村等周边村贫困户妇女到合作社接受培训,从事羊毛编织加工等工作,先后带动60余名妇女,其中有25名属于贫困户。她提供羊毛,设计花样尺寸,并拿出几年的积蓄,按天为姐妹们发放工资。妇女们的积极性很高,产品的出产量也很高,效率高了,成本也降下来了。这些低价产品很受市场欢迎,销售很好,资金回流加快,加速了利润的积累。生意扩大了她还为周边40余户贫困户妇女的羊毛制品提供订单式销售渠道,为那些因家庭劳力不够而不能外出打工的妇女,提供就近便增收渠道。25户贫困户在享受国家一系列精准扶贫政策的同时,通过次仁的带动,先后脱掉了贫困帽子。

次仁的事迹,得到锡钦乡党委政府、锡钦村"两委"、广大群众的一致认可。次仁2017年当选为第七届拉孜县政协委员,2019年当选为锡钦村妇联副主席。

次仁视频.png

德曲　聂拉木县樟木新区雪布岗居委会

樟木新区童嘎服装制作有限公司负责人

曲德高中毕业后，就随父母在拉萨做生意，主要经营从樟木口岸进口的尼泊尔小商品。接触的多是来自樟木的夏尔巴商人。久而久之她便成了一个樟木人的媳妇。嫁到樟木后，夫妻俩的小日子过得很好，婆婆待她象亲女儿一样。当然，也有不如意的地方。因为他们家不在樟木镇上，而是在出海关去友谊桥的路边。因为要验证过关口，来樟木做生意的商人不愿在此租房，来来往往验证太麻烦了。因此家里的房子就不能像镇上的那些房子一样可以出租，一年的租金就够全家人过得舒舒服服的了。不过也正因如此，小两口有了创办小实体的想法。于是两人就进行了分工。丈夫长年从事从尼泊尔进口手工艺品生意，知道双边的行情，如果在尼泊尔投资建一个铜器加工厂，想来生意会不错，利润相较贸易要高些。而德曲却选择了定制服装的生意。她认为尼泊尔裁剪师技艺高超，又多以西方服饰裁剪为标准，做的西装和藏式女装很具西方品味。这倒不是崇洋媚外，而是现在国家发展了，对外的各种交流频繁起来，做进出口生意的商人有很多。但是他们抱怨没有一身符合外商审美习惯的服饰，总觉得在与外商商谈时，浑身不得劲。再就是尼泊尔师傅做的藏式女装，特别注意用料和收腰，深受拉萨等城市姑娘的喜爱。

樟木镇地处低海拔区域，与尼泊尔仅一河之隔，是西藏重要的陆路通商口岸，随着国家加大对边境地区的政策支持力度，樟木的经济快速发展，人们的生活水平不断提高，德曲抓住商机，于2014年1月在樟木小巷开了一家小型的服装定制店，聘请了4名尼泊尔缝纫师，因为产品质量过关，得到消费者的认可，年纯收入达15万元。

在2015年4月25日，突如其来的一场地震打乱了樟木人平静的生活。可是，天灾无情，人间有情，在党和政府的关心关怀下，所有樟木群众被安置在日喀则，并被提供了住房和就业补助等等等。如今，在日喀则，路更加通畅了，房子更加漂亮了，人们的笑容更加灿烂了，樟木群众也慢慢从灾难的阴影中走了出来。

2016年8月，在聂拉木县和樟木镇党委政府的帮助下，德曲在原有的基础上重新成立了聂拉木县童嘎服装制作有限公司，带动当地的贫困户制作各种民族服装、西服，年纯收入有10万元到12万元。

目前，公司发展前景良好。德曲在自己成功的同时不忘身边人，在县、镇党委政府的扶贫动员下，根据公司实际情况，为两个精准扶贫户解决就业，带动一起致富。并且每逢春节中秋节，慰问本村10户困难户，至今慰问物资价值共计3万多元。

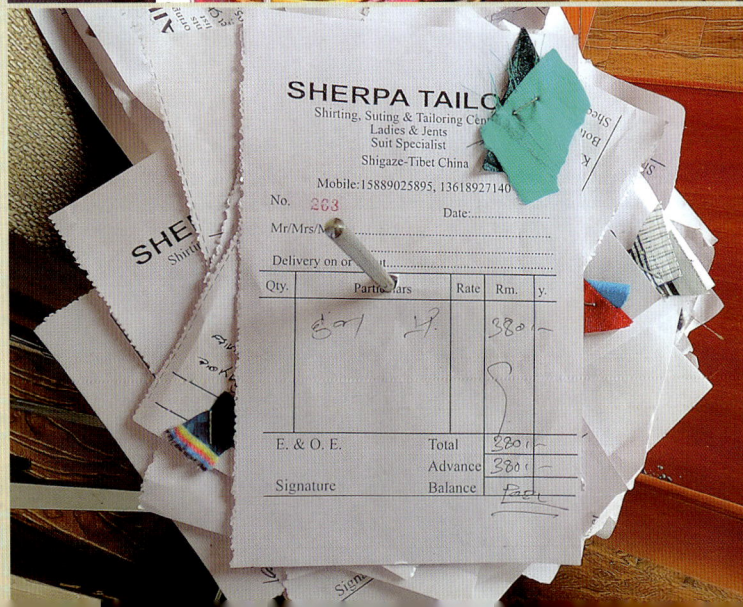

74

75

曲德视频.png

德央　桑珠孜区城北街道波姆庆社区

桑珠孜区波姆庆社区康央氆氇纺织加工专业合作社负责人

德央被小区里的朋友戏称为"多事儿阿佳"。说得是她为人热心,特别喜欢帮助人,热爱公益事业。在她帮扶的对象里有贫困户、低保户、五保户等。

为切实提高社区贫困户的技能水平,解决建档立卡贫困户劳动力就业问题,德央将17户贫困户和低保户带到她的康央氆氇编织加工合作社,手把手传授氆氇纱巾加工技能,进行传统手工业技能培训。按照德央的话,就是"掌握一门技能,到哪里也不会饿着"。

"授人以鱼,不如授人以渔。"德央了解到建档立卡贫困人员次央厨艺不错,人又能干,就想帮助次央开饭馆。开始次央以家里人不同意为由,拒绝了德央的好意。她就跑到次央家里,苦口婆心给次央做思想工作。一次不行,两次,两次不行,三次。最后,次央一家同意了。德央免租金、免水电费为次央提供了一处自家门面,又联合社区帮助次央做货架、隔墙,购置桌椅,添加货物,切实改变了次央一家"等靠要"思想,真正激发起他们的劳动积极性,帮助其实现劳动增收。次央靠自己的双手经营扶贫小饭馆,初步实现月收益3300余元。同时德央还帮助贫困户曲丹开设了"扶贫小超市"。

德央知道刚从乡里来了一个患唇腭裂的姑娘,由于自卑不愿和人交流。于是德央便将这位叫扎西普次的姑娘接到合作社,教她编织技术,并组织合作社的员工帮助她,与她交朋友。几个月下来,扎西普次敞开了心扉,快乐地和大家相处。

德央之所以这样做,是因为她也曾经贫穷过,知道贫穷的杀伤力,知道那种自卑感受。因此当富裕后,就愿用自己的微薄之力来使大家快乐。

德央兄弟姐妹多,父母收入不高,她是家里的老大。所以很早就遵父母之命嫁人,为人妻为人母。几年后德央的婚姻亮起了红灯,离婚后德央怀揣着母亲给的1000元钱,起身前往阿里求生活,希望改变自己的生活轨迹。

德央来到阿里后,两眼一抹黑的她,幸运地遇到一位汉族老大哥。当这位汉族老大哥知道她曾在家乡开过茶馆,便劝她在狮泉河继续开茶馆,本钱不够就向他借。于是德央借了大哥10000元做本金,开始了她的创

业之路。经营几年后,德央存了一些钱,就想着能否再找些生意来做。正好此时,有朋友来阿里游玩,让她陪着去神山岗仁布齐转山。到神山脚下,她们却发现没有住处。游客香客都挤在帐篷里住,帐篷里很冷,气味也很大,无法长时间待下去。很多游客和香客都迟迟不愿进帐篷里,只要不下雨,大家宁愿待在露天。这趟神山之行,大家玩得并不开心。但德央却从中发现了商机,要是自己在这里开一间稍微时尚点的旅店,一定会有生意,一定会赚不少钱。于是她便开开心心地回到地区着手准备了。事实证明,当初德央的那个决定是多么的英明!从那时开始,德央就很关注各种商机,一旦发现,下手决不迟疑。比如回到家乡创办合作社,扩地建厂等等。如今她名下的资产已过千万,但她仍不停地忙碌着经营和寻找投资机会。父母就常说她不知休息,不知爱惜身体:"你看看外面的那些妇女不是忙着健身就是忙着打牌,玩得不知有多开心,而你呢?就知道忙,忙完生意,忙公益,也不嫌累。唉,整个一忙碌命。"

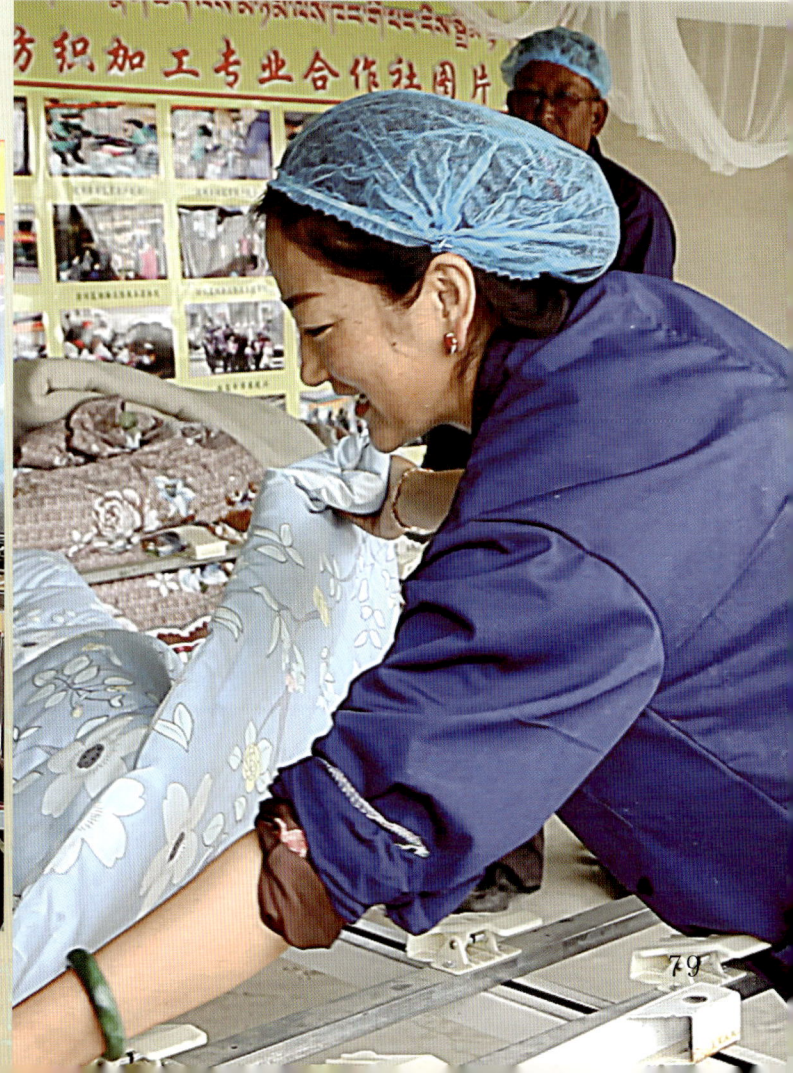

德央视频.png

普普　桑珠孜区城南街道办事处

西藏日喀则市藏圣阁民族手工业产品有限责任公司负责人

作为一名48岁的女企业家，普普的人生跌宕起伏，她13岁时父亲病逝。考上大学，学了药学专业，毕业后，被分配到制药厂工作。上世纪80年代药厂倒闭，她便跳行到联通工作，所学专业从此于她渐行渐远。而她联通的工作稳定没几天，母亲又病倒在床上，两个姐姐一个远在樟木海关工作，一个远嫁。母亲身边只有她，她不照顾谁照顾？况且母亲是瘫倒在床，根本就离不开人。虽说单位领导知道她家的困难，没少帮助她，还给了她三个月的假期。但她想三个月假期到了怎么办？母亲的病不是一两天就能好的，总不能长期请假吧，于是便买断了工龄，辞去工作。

为了方便照顾母亲，普普去学了裁缝手艺，觉得这样可以不离家就能接活。

但手艺学成后，却接不到什么活，生意惨淡，普普就只好四处荐工。一日，在一家工程项目招工处，普普遇见后来成为丈夫的他，丈夫的老家在云南昆明，珠宝鉴定世家。普普也因此了解到珠宝的魅力，而那时整个拉萨就没有什么人专业系统地学过珠宝鉴定，如果到云南学习了珠宝鉴定，有这个手艺傍身，今后还怕没有饭吃？

说干就干，普普只身来到昆明，直接投奔了她未来的丈夫，并拜他为师。普普在昆明一边学习珠宝鉴定，一边四处打工，而正是这些打工经历，让她积累了很多的经营经验，也为以后的创业打下了很好的基础。

2006年，普普返乡创业，在日喀则开了一家集珠宝鉴定、民族手工业产品设计、销售为一体的公司。"还记得刚开始，这是一家个体工商户，总共七间门面。一直以经营为主，以产品质量和客户为中心。2014年，个体户升级为民企，2015年，经过市委市政府多次会议协商，我们与日喀则市旅游发展委员会达成合作协议，带动发展和推广周边十八县的特色产品。"普普说。

普普自创业以来，严以律己，与人为善，为日喀则市的慈善事业作出了突出贡献，赢得了广大群众的好评。

普普说：我们在做好企业的同时，积极发扬企业家致富思源的发展理念，为建档立卡贫困户办实事、解难事，为大学生提供就业岗位，勇担企业社会责任，减轻政府负担。企业多次荣获区"三八红旗集体"、全国"三八红旗手集体"等称号。

2018年，我们通过妇联的帮助创办了珠峰巾帼创业基地。2019年，投产具有一定规模的现代化生产线。现在的公司已成为集生产、加工、批发、销售以及供观摩、体验为一体的更上规模的综合性民族手工业企业，还被授牌大学生创业创新基地、巾帼妇女创业创新基地等。我们想传承传播更多的文化资源，并要坚守初心、永做良心企业，为帮扶更多的贫困户、带动更多人就业做更多力所能及的事情。"

普普视频.png

曲珍 南木林县南木林镇恰娃村

西藏年雄农产品开发有限责任公司负责人

顾客都认她做的豌豆粉条。后来资金积累得多了一点，她就请了一两个帮工。这时她还没打算做大。正好这时候政府狠抓食品卫生，食品小作坊都要办卫生许可证，要求生产设备和场地具备相应的卫生条件。于是将手工作坊扩建成公司也就势在必行了。

2013年，曲珍与丈夫共同努力，成立了年雄农产品开发有限责任公司，当年就创下年收入600万元之多的业绩。粉条也从默默无闻发展到享誉全区。经过多年的创新发展，目前公司在日喀则市桑珠孜区有面积约六千多平方的粉条加工厂（厂房属于租赁形式），在日喀则市中心有两家粉条批发零售店，在拉萨有一家批发零售店。

公司注册资金为800万元，是后藏地区较大规模的豌豆粉条加工企业之一，是一家集种植、生产、销售为一体的专业农产品生产公司。企业现有员工33人，其中管理层人员5人、管理技术人员4人、财务管理1人、生产车间员工20人、销售人员2名、电工1名。2019年，在南木林县申请到了产业项目，即"南木林县粉条土豆加工厂建设项目"。该项目目前已经竣工并投入生产，为当地提供了50个就业岗位，带动80名建档立卡扶持贫困户一起致富。

曲珍没想到自己的企业会做得这么大，年产值达600多万元。这与她不谋眼前小利，以消费者为中心，坚持做真货，做高品质的产品，哪怕成本增加利润减少也不掺假有很大关系。

20岁那年，她在市里的一个菜市场闲逛，无意中发现，村里家家会做的豌豆粉条，在这里买的人很多，于是，回到家里就和母亲说自己也要做豌豆粉条，就这样曲珍开始了自己的创业之路。开始时本钱少，只能头天进豌豆，把豌豆泡到晚上，磨完后，后半夜拉条，晾到大亮就可以上市场卖了。那时虽说很累，但一天能得卖好几百元钱。由于她从不做假，生意一天比一天好起来，

曲珍没有辜负社会对她的期望，也没有忘记自己是从哪里开始、怎么开始的。为回馈社会，帮助更多的妇女走上致富的道路，她把身边的妇女劳力吸收到自己的粉条厂，教她们制作粉条，按时发工资。到目前为止，公司共吸纳了120多名妇女。很多妇女在公司学习了技能，赚到了本金，又出去自己创业。如今厂里还有34名贫困户妇女员工。公司荣获市妇联授予"妇女之家"称号并成为日喀则市妇女创业就业示范基地。将来公司还将以自己的实际行动来带动更多的妇女走上致富之路。

曲珍视频.png

达珍拉宗　南木林县达那乡达那村

西藏湘河谷特色产业发展有限责任公司负责人

24岁，花一样的年龄。特别是在当今年代里，"吃苦受累"这些词似乎和他们并无多少关系，所以当一个90后的姑娘和你说："压力山大，好累呀！原来为了实现自己的理想，要吃好多好多的苦。"你又该如何回应呢？

达珍拉宗是家里的小女儿，虽说生长在农村，但现在的农村早已和以前不一样了。哥哥姐姐也都十分地照顾她。

达珍拉宗虽然家庭条件比较好，但是她仍一心想自主创业，靠自己的劳动来创造财富。

一句自主创业，说起来轻松，做起来可就不是那么容易了。首先得准备启动资金，就这，对于一个刚从学校走出来的女孩子，就是件难似登天的事了。再就是选择行业，没有任何社会经验的她，又该如何决策？而当这两件事好不容易搞定了，又会有一系列你从没遇到的难事苦事再后面等着你，想停下来喘口气，都不可能。创业后，达珍拉宗才知道成功从来不是从轻松中走来。

达珍拉宗的创业路上，还有几个志同道合的同乡大学生，他们凑在一起，坚信团结就是力量，在创业路上相互配合、密切合作，道路一定会越走越宽。

达珍拉宗带领5名大学生，在2018年成立了西藏湘河谷特色产业发展有限公司，主要从事制造及销售毛毯、卡垫、挂毯、双人床、四件套垫等各类具有南木林特色的本土产品业务。有员工12名（其中贫困户人员5名）。现主要通过微商平台及淘宝店铺进行线上销售（2019年3月起充分利用电商平台，拓宽销售渠道，在淘宝上开设了湘河谷民族产品店，并积极注册其它网上门店，每月销售总额达3.9万余元，纯利润达1.7万余元。

2019年，又在县城开设了实体店，销售南木林县各类产品（南木林岗珠工贸有限公司生产的藏香，湘河皮具公司牦牛皮手工生产的箱包、靴子、挎包等，尼玛石曲的蜂蜜合作社的蜂蜜，夏日普工贸有限公司的唐卡，达那妇女编制的手工产品），推广当地特色品牌，切实通过实体＋网络销售，让特色产品走出南木林，走出西藏，走向全国，甚至海外。下一步还计划在拉萨市开设实体店和代销点。

开业一年来，公司累计收入达38万余元（月纯利润达1.5万余元）。并于2020年向岗珠工贸公司、平措林蜂蜜合作社、热当黑青稞合作社、湘河皮具公司（合作社）等，累计兑现8万余元的销售资金。

"一份耕耘，一分收获。"2020年是达珍拉宗返乡创业的第二年。她说她不敢忘记家乡的养育之恩，公司稍有盈余就对达那村的5名建档立卡贫困户群众进行慰问，向每户发放棉被、四件套以及电锅饭、暖瓶等，价值共计约5000余元。

为了做好自己的企业，达珍拉宗积极参加了西藏首期网络创业培训班，同时还应市妇联邀请参加了浦江两岸创新发展户外交流活动。这些培训和活动让她学到了新的经营理念，积累了很多创业知识。她自觉身上的担子重了许多，压力也加大了，但她有信心坚持走下去，并希望能带动全县大学生创业者以及女性创业者走上致富路。

达珍拉宗视频.png

西藏脱贫攻坚中的巾帼英雄

德吉曲珍　仁布县德吉林镇强钦村

仁布县德吉林镇德旦康萨传统手工业农牧民合作社负责人

93

走到哪里都不会饿肚子，也能挣到更多的钱。

德吉曲珍能吃苦，肯学习，所以她很快就出师了。一月有4000元的工资，除了小部分钱留着自用，其余的全部寄回了家里。

2004年，家乡的一所职校增设了编织课，聘请德吉曲珍为编织手工指导老师，工资一个月6000元。教学期间她过得很快乐，还收获了自己的爱情。丈夫在学校门旁开了一间小超市，生意还不错。

德吉曲珍想凭借自己的技能开办一家卡垫编织合作社，这样一方面能为村里不能外出打工的妇女提供就业岗位，拓宽其收入渠道；另一方面，也能以开办合作社的形式传承和发展具有

德吉曲珍父亲早逝，更加重了家里生活的困难，也影响了她的成长轨迹。

因劳力问题，家里的21亩地里的产出，也就只够温饱而已。而要真正改变家里的经济状况，德吉曲珍觉得唯有外出打工才有可能。所以，在弟弟妹妹稍稍能帮家里做些农活时，她便去拉萨打工，她的一个好友为她找到了一家很有名的地毯厂，她就在那里做学徒。

这家地毯厂很有名，做出口业务，对学徒的要求也很严。有些学徒没有坚持下去。但德吉曲珍认为，厂里要求严格都是为了让大家学好技术，提高产品质量，产品有了高品质，才会有好销路。而学徒收益也很大，有一技傍身，

仁布特色的卡垫编织手工技艺。这个想法得到了丈夫的支持。夫妻俩克服重重困难，终于在2015年，凑集资金近30万元，腾出自家院内230平方米地方成立了德吉林镇德旦康萨传统手工业农牧民合作社。他们精心组织生产，积极开拓市场，使得合作社在仁布县城里有了不错的口碑。

2016年，合作社产品作为仁布县传统卡垫手工制品代表，先后参加了桑珠孜区物资交易活动和仁布县第五届江嘎尔藏戏文化节物交会。参展的仁布卡垫、邦典、黑氆氇等诸多产品，凭借其优质的原料和精美的手工技艺获得广大客户的欢迎和青睐，现场交易供不应求，仁布卡垫得到了更为广泛的宣传和推广，知名度更高了。

德吉曲珍视频.png

西藏脱贫攻坚中的巾帼英雄

普尺　白朗县嘎东镇马义村一组

白朗拉常吉阿妈幸粑农产品加工农民专业合作社

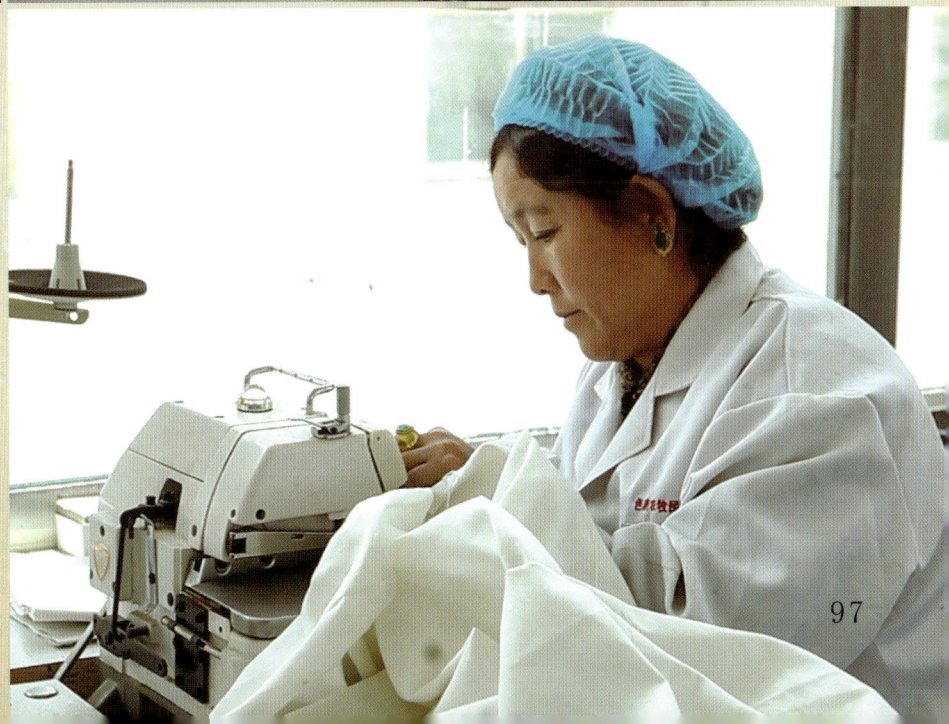

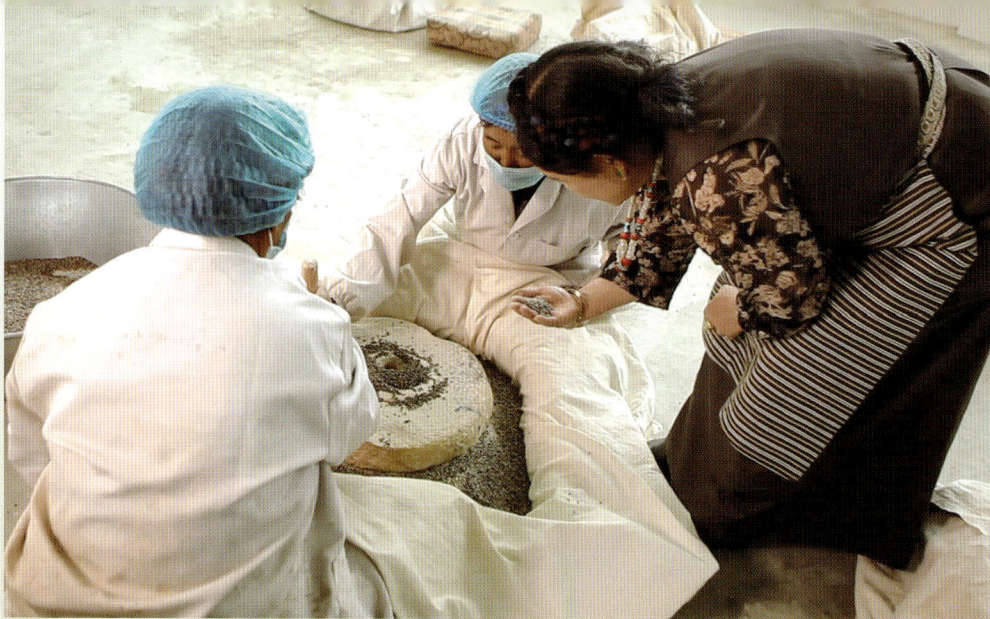

尼珍往年寒暑假回家，总是很少在家里待。几个相好的同乡同学总会相约聚会，今天你家明天他家的，很快假期就过去了，就又要起身去外省读书了。从她初中开始，假期的日子就是这样度过的。因此她和父母亲既亲切又陌生，对家里的情况也是一无所知，父母亲总是让她好好读书，毕业后找个好工作，家里一切都好。然而，2020年的寒假却不一样了，因为疫情的原因，她只能待在家里哪去不了，时间一长，她才知道父母亲的不容易。

尼珍的母亲叫普尺，今年40岁。是全村人公认的种地能手。

普尺的丈夫很争气，拿到了很难考取的大客车驾驶证。在跟着师父行驶了一段时间后，便应聘到客运公司开班车，收入还不错。后来又凑了30万元承包了一条客运线路。因此普尺家的收入在整个村都算是高的了，他们家也迅速步入了富裕户的行列。

普尺富裕起来后，她就想着帮助村里的困难户。嘎东镇马义村是后藏地区最大的行政村，500多户，2000多人。这里人均占地少，所以很多村民大部分的收入都来自外出打工。不过，还是有许多妇女因各种原因，没法外出打工，所以她们就很难致富。针对这样的情况，普尺就想着拿出一些资金来，办个合作社，让这些不能外出打工的姐妹们，有个挣钱的地方，能让她们增加点收入。

可是办什么样的合作社呢？编织？不行，编织合作社太多了，村里已经有了。可除了编织别的也不会呀！看着有些发愁的妻子，丈夫出主意说："你忘了你可是种地能手，你说咱能不能在种地上打主意？""种地？能行吗？"妻子不自信地说。"当然了，这得看在地里种什么。"丈夫说，"跑车时经常看到有的司机用荞麦泡茶，据说荞麦有很大的保健作用。要不咱们种点试试？"

苦荞麦能不能在高原地区种植？夫妻俩查了很多资料，去了吉隆沟参观荞麦种植基地，并向那些常年种植荞麦的高手请教种植技术。两人觉得这事能做，应该不会亏本，且还可以帮到乡亲们。于是他们以80万元的价格卖掉了运营线路，又将家里多年的积蓄全部拿出来，向村里乡亲们租了800亩差地，开始种植苦荞麦。苦荞麦不择地，但却需细心管理。为了掌握苦荞麦的生长情况，并得到适合当地种植的苦荞麦种子，夫妻俩用了两年的时间育

种，并收集到近万斤的优良种，这才开始正式种植。普尺向村里的乡亲们无偿提供苦荞麦种子，年底以每斤7元的价格收回荞麦，在合作社深加工后，再以23元一斤价格向外卖出。他们这些年开发了近十种以苦荞麦为原料的保健产品，开始投向市场，以乡村居多，但不管怎么说生意还算过得去。

随着经营的深入，夫妻俩发现，要想有好的利润，就得上量，800亩地的产量远远不够销售，于是就又向乡里流转了3800亩荒地，吸纳乡亲们进行耕种，工钱按天计算。这就大大地调动了村里留守妇女的劳动积极性。荒地收成不错，一下子就收了近60万斤荞麦。可这下就让夫妻俩难了，这么多的荞麦该怎样销出去？合作社的加工设备跟不上，就只好进了一台价值近100万元的精磨机。可合作社里没有工业用电线路，得申请安装，这得花钱，扩大生产处处有投入，短时间又看不到收益，家里的所有老本都投了进来，这么多的投入，远远超出了普尺当初的预算，还有就是库房里压着的那几十万斤的优良荞麦该怎么办？加工后的销路该怎么打开？这些都让夫妻俩焦虑，又怎能睡个好觉？而父母亲不稳的情绪也影响到了尼珍。她觉得这事并没有什么了不得的，这只是从小农经营到现代企业管理经营转变过程中的必然经历。她想要帮助父母走稳走好，为他们提供新的经营理念和方法。当然，自己也得先学习。所以她已经在四处打听现代商务经营管理方面的培训。准备自己先学习好了，再向父母传授。尼珍感觉自己长大了。她真地很敬佩父母亲，敬佩他们当初的选择，敬佩他们的敢做敢当，更敬佩他们的学习能力和动手能力，她相信只要全家团结一条心，就没有过不去的火焰山。

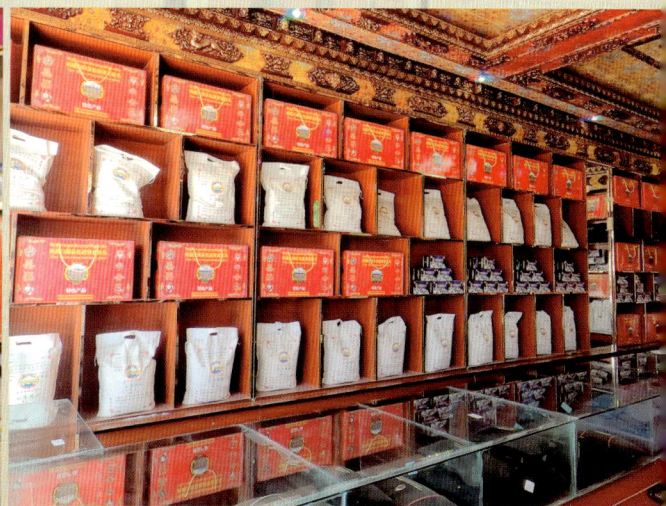

普尺视频.png

珍拉　江孜县年堆乡

江孜县年堆乡尼玛藏式卡垫加工农民专业合作社负责人

卡垫现在是藏民族的生活常备品。而在旧西藏时期，却只有领主和少数有钱的管家以及富裕差巴才能使用。而他们使用的卡垫从来都不是从市场上买来的，市场上也不会有卡垫出售。即便是在有"卡垫之乡"之称的江孜也没有。这主要是卡垫用羊毛编织，用料用工都不便宜，穷人消费不起。贵族家自己就养有编织朗生（奴隶），专门为贵族家编织，他们不需要买。比如，江孜的大领主帕拉家族，家里就养了很多这样的朗生。他们不但为帕拉家族编织卡垫、地毯，还要生产更多的羊毛制品，供家族头领拿去境外市场买卖（民改后，这些优秀的编织女工，大多被组织起来，成立了江孜地毯编织工厂，所生产的产品，几乎全用以出口，编织女工们也第一次有了固定的月工资）。而那些中等家族虽说养不起专门制作的手艺人，但都能在农闲时请那些有手艺的堆穷（流浪穷人）到家里来编织。而这些手艺人，无地无房，全靠手艺求活，且多是家族传承。这是因为，手艺技术是这些手艺人求生存的唯一依靠。

珍拉的家族在过去是编织世家，手艺没得说。民改后虽说家里也分了土地，但父亲仍然在农闲时去别人家里编织卡垫，珍拉很喜欢跟着父亲外出编织，一来二去，时间长了，她的手艺也不比父亲的差了。请她的人也渐渐地多了起来。如果不是遇见了单增，这个后来成为她丈夫，有着大学学历，心中有着太多新鲜想法的男人，也许珍拉现在还是在走家串户地忙碌着吧。

丈夫的许多想法深深地影响着珍拉，也由她一点点地实施了出来。如：2006年，开始组织周边贫困妇女群众编织、销售藏毯产品，逐步实现增收。

2014年，创办了江孜县年堆乡尼玛藏式卡垫加工农民专业合作社。经过积极努力，2016年合作社荣获第三届珠峰创业创新大赛"二等奖"；2017年、2018年，先后荣获中国青海藏毯国际博览会"国际新品潮流最佳地毯奖""国际最佳环保地毯产品奖"；2018年，荣获第三届中国西藏旅游文化国际博览会"民族手工艺参展作品优秀奖"和第

二届西藏藏毯产业交易博览会"金奖"。

2017年，合作社先后成为"贸易投资展览会第一期西藏展览会"成员、"日喀则市第一批文化产业示范基地"、"江孜妇女编织培训基地"、"中国藏毯协会"会员单位,2018年，合作社先后成为"全国农民专业合作社示范社""西藏自治区第四批文化产业示范基地"。

与此同时，珍拉带着"感恩政府、回报社会"的理念，通过"合作社+贫困户+基地+文化转型升级"的运营模式，强化合作社规模化生产、规范化管理，充分利用合作社发明的"看照片纺藏毯的纸样使用技术"，通过提供社内与社外两种就业途径，使群众"不离乡不离土不离家"就业。在65名社内外员工（社内23名，社外42名）中，有26名精准扶贫建档立卡贫困人员。2018年已实现4名员工脱贫。在社内的23名员工月收入达4650.00元至5250元，比起其他同行，月收入要高出58%左右，年均收入达到55800.00元至63000.00元。

珍拉视频.png

央拉姆　岗巴县岗巴镇门德村
岗巴岗姆冲农牧民专业合作社负责人

央拉姆的父亲早年是流浪的编织艺人，解放军来了后，他们的一系列为百姓着想的行为，让这个吃尽了人间苦的流浪汉，看到了农奴们今后的希望。于是，帮助金珠玛米，加入金珠玛米，就成了父亲的最大追求。功夫不负苦心人，父亲终于加入了解放军，后来还成为国家干部，也一直干到退休。

现在央拉姆每当想起父亲，总忘不了他的教诲：一是爱国爱家爱大家，再就是要传承好卡垫编织技艺。

因为父亲的教导，央拉姆很小时就热心村里的公益事业，长大后被选为村干部。一直以来，央拉姆坚持用父亲传授的传统技艺编织卡垫，自己构思的图案深受多外来的专家特别是搞艺术的专家喜欢。

时至2014年前央拉姆的生活都过得很惬意，三个孩子长大后都很争气，除大儿子留在了身边，另外两个小的，一个是国家公务员，一个自己做些小生意。可以这样说，除了村子里一些贫困妇女让她要操心些，其他的，都事事顺心。

然而当非物质文化遗产传承人的证书发到了她的手上时，压力也随之而来。她了解到，父亲传给她的编织技艺，是西藏最早的传统编织手法，现在在整个西藏地区，怕是只有她和儿媳会这个技艺了。所以传承下去，就是她当然的责任。再就是有了这个证书，前来订购的客人渐渐地多了起来，光靠她和儿媳两人怕是编织不过来。那么办一个合作社就是一个行得通的办法。办合作社能很好完成周边百姓的订单，也能解决村里一些困难妇女的就业问题，增加她们的收入，但就是缺资金、缺人才、缺设备、缺订单等，困难很多。

然而，当她将办合作社之事与儿女们商量时，儿女们全都反对，他们认为母亲年龄不小了，这时候办合作社，管理和参与劳动，身体吃不消。央拉姆知道儿女们反对是为自己好，但村里的那些困难妇女无时不揪着她的心，再就是传承技艺不能光靠自己家人，这样传播地太慢了，发扬光大就更谈不上了，如果办个合作社，就能将技艺传授多人，再由她们传播出去就快了，另外妇女们有了技艺也就更容易解决她们的困难了。

于是央拉姆不顾儿女们的反对，自筹35万元资金（其中25万元是她一生的积蓄，另10万元是向乡亲们借

的）创办了岗姆冲农牧民专业合作社。

合作社创办初期，经营难点多，管理也吃力。况且来合作社工作的妇女，工资都日结，而卡垫等产品，却要卖了后才会有收入，光这个流动资金就让她头大，再就是，困难妇女大都拖儿带女，一边工作，一边还得照顾家里的老人和孩子，工作效率便可想而知了。效率不高，资金就回流慢，日结工资的压力很大。就这样，央拉姆整天呆在合作社，干劲十足，忙碌的身影一晃就是一天。

功夫不负有心人，两年下来，合作社的经营就好了许多，首先解决了27户、81人的就业问题，其中建档立卡贫困妇女20人。再就是还清了借款。虽说央拉姆的老本还在做着合作社的流动资金，但社里的设备款已挣了回来。而且过了一段时间，社里已有一位年轻妇女学成出师，可以独挡一面组织生产。合作社的效率有所提高，工资日结的压力正在缓解。央拉姆觉得自己已经看到了光明的未来，看到了全村妇女们满足幸福的笑脸。她觉得自己没有辜负父亲对自己的期望，也没辜负乡亲们对自己的期望。

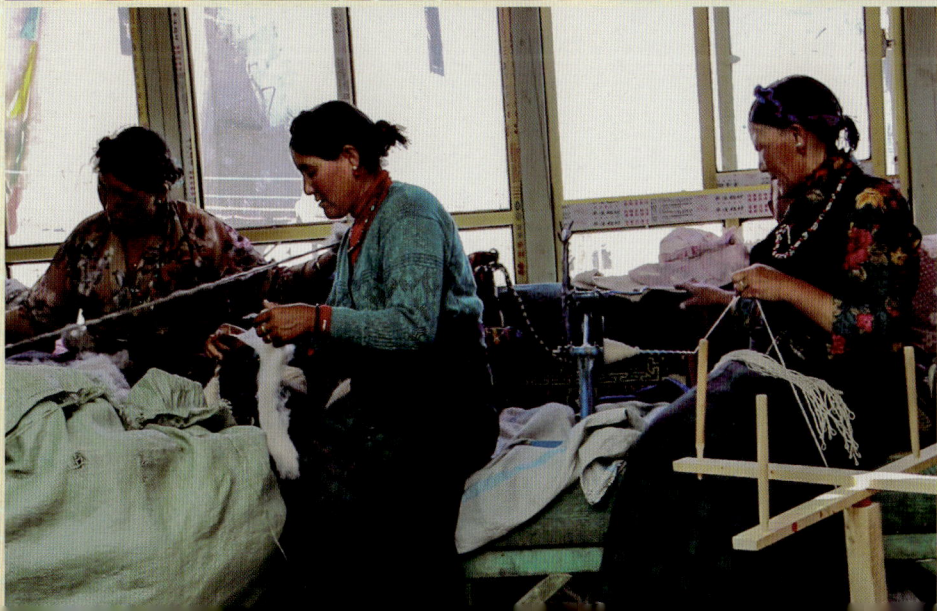

央拉姆视频.png

西藏脱贫攻坚中的巾帼英雄

达娃卓玛　亚东县下司马镇珠居村妇联主席

　　达娃卓玛，年龄不大党龄长。入党两年后的2001年，她就被乡亲们选为村委会妇女主任。2017年，在妇联系统"会改联"中，再次当选为妇联主席，直到今天。

　　达娃卓玛，性格开朗，极具亲和力，做事认真细致还热心。这便是乡亲们愿意选她做带头人的原因吧。

　　亚东县下司马镇珠居村靠近县城，经济条件好，村民们比较富裕。所以，这里每家每户都对教育十分重视，大家攀比的是谁家出了几个大学生。村民们都说，供孩子读书应当应份。让孩子们读好书，有了知识的翅膀，天下就任其遨游。达娃卓玛这些年送走了一批又一批的亚东孩子。村里的年轻人几乎都走光了，特别是年轻的女孩子。因此现在村里的年轻女性，大都是外乡嫁过来的。而对这些外来媳妇进行帮助和教育，就是她的主要工作。相对起本地女性，外嫁来的媳妇们，文化水平就要差一大截，家庭条件大都比较差。要想帮助她们，首先就得从经济上着手。所以，达娃卓玛积极与建设亚东的各个工程队建立起了良好的合作关系，组织妇女劳务输出队，安排村里的妇女劳力在各个工程中务工，解决了村里大部分妇女就近就便就业，收到了特别好的效果。而为了为村妇女群众提供更好的工作岗位，村妇联还组织起扫盲班，为那些外来媳妇扫盲，村妇联的主席、副主席以及支委轮流为她们讲课。

　　在帮扶那些困难妇女的同时，达娃卓玛和她的妇联团队，还不忘组织本村妇女开展"美丽乡村"建设，2018年，珠居村成为市级"美丽庭院、干净人家"创建活动示范点。创建过程中她先后召开了多次会议，要求广大家庭从自家做起、从点滴做起、从日常做起，以达到"五美""五净"创建标准。同时，每周不定时跟村"两委"班子、驻村工作队一起去每家每户检查卫生、打分，与县妇联一起对活动评选出的示范户代表、最美家庭、最美婆婆、最美媳妇等家庭和个人进行挂牌表彰。

　　阿佳群宗开办了一家小型糌粑加工厂，为了拓宽销售渠道，达娃卓玛还主动承担起推销员的职责，到处去宣传销售，并对妇女群众说：自己动手丰衣足食。她还打算由村妇联出面承包几个蔬菜大棚种植。收入全部用在对妇女的教育培训以及对困难妇女的帮扶上。总之，她认为一个合格的村级妇联主席，就应该首先是致富带头人，只要有利于妇女群众脱贫致富之事，主席就应该冲在前面，为妇女做出榜样。

送走食品检查组一行人，达瓦玉珍便召开全厂职工大会，针对检查中发现的一些不足，做出整改安排。会后，她静静地坐在生产线门前，看着这台正在工作的价值近千万的现代化全自动奶制品处理设备，感慨万千。

达瓦玉珍原先家境困难，十四五岁的达瓦玉珍就已是家里的主要劳力和拿主意的人。初中毕业后，回乡务农的她时常被村里派去参加技能培训，毕竟读过书和没读过书的人，培训的效果不一样，培训回来也能很好地传达培训内容。而正是一次黄牛改良培训，让她寻找到了一条致富之路。

培训回乡后她积极响应政府号召，办起了小型奶牛养殖牧场，引进了30头经过改良的奶牛。奶牛生长状况良好，产奶量也是村里最高的，以而引起县农牧局养殖科研专家的注意。经过严格考查，专家们将一个奶制品扶贫项目放在了达瓦玉珍的牧场。

2009年，达瓦玉珍利用项目设备，开办了雅拉香布酸奶加工厂，从而迈出了从传统家庭作坊式的经营向科学生产方向发展的第一步。2012年，达瓦玉珍决定成立合作社，她与结莎居委会的125户养殖户合作成立了乃东县结莎利群农畜产品经销专业合作社。合作社以"酸奶厂+基地（黄牛改良基地）+合作社（农户）"的模式启动了达娃玉珍带民致富奔小康的计划。

2015年，随着市场需求的扩大，合作社勇于创新，在区、地、县党委、政府的关怀下，在农牧、农发、科技、等部门的大力扶持下，整合项目资金和企业自筹资金共计1050万元，实施酸奶加工厂改扩建工程，实现了规模化、规范化、标准化生产，大大提高了鲜奶加工能力，有效解决了农户卖奶难的问题，进一步增加了农户的现金收入。2016年，以山南"撤地设市"为契机，注册成立了山南市雅垄惠民乳业有限公司，注册资本500万元，净资产达1500万元，形成了"企业+合作社+农户"的创新经营模式。2018年，年产值达375万元，销售额350余万元。直接解决了15人就业，直接带动养殖户125户360余人获益，使项目区每家农户年均增加收入12900元，人均增收4500元，帮助其实现增收致富的小康梦，取得了良好的经济和社会效益。

"公司和合作社的成立离不开党和国家的好政策，我会努力带领更多的群众共同致富。依靠着酸奶，让大家的日子越来越幸福。"面对取得的进步与成绩，达瓦玉珍满怀信心地说。为了回报党和政府的关心、群众的支持，达瓦玉珍带领公司及合作社积极开展捐资助学、扶贫济困等社会公益事业，资助3名在校大学生完成学业，为其提供学费、生活补助等资金，每人每年3500元。每年在居委会的协调下，筛选贫困家庭在校大学生，送去慰问金，每年投入近2万元。同时，积极发挥产业扶贫示范引领作用，选出老弱病残等建档立卡贫困户10户，为每户送去帮扶资金3000元和慰问品，并将长期给予兜底帮扶，确保了弱势贫困户的稳定收入。

116

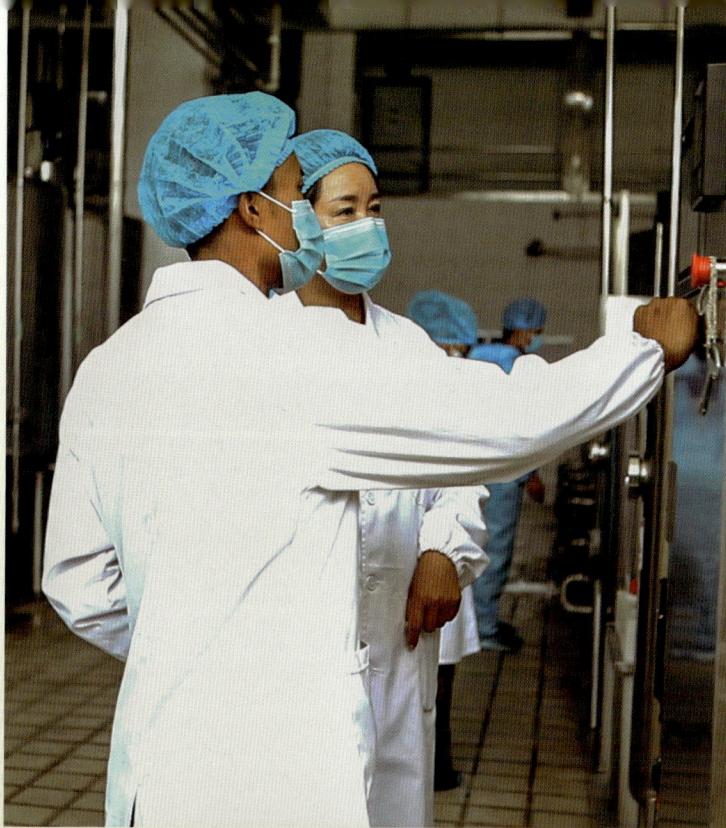

达瓦玉珍视频.png

西藏脱贫攻坚中的巾帼英雄

贡嘎拉宗 乃东区坡章乡雪村

乃东区博巴印民族产品有限责任公司 联增羊毛编织合作社负责人

贡嘎拉宗出生在一个单亲家庭，她和弟弟妹妹对于生父只有概念上的认知，似乎是从未见过，或者是记事后就没有见过。

母亲一人拖着他们三个孩子，靠耕种2亩多地和酿青稞酒为生。而作为三个孩子中的老大，贡嘎拉宗记事后不久就帮助阿妈操持家务，她记忆中的家务事，就是替阿妈给人送酒，从一开始提着小瓶酒，到后来提着大桶酒。而母亲的酿酒生意随着做的人增多，也越来越难做了，家里的收入也越来越少。为了增加家里的现金收入，也为了让弟弟妹妹能安心读书，贡嘎拉宗只身来到泽当打工。由于没有文化，她能找到的工作，就只有在工地上做工资最低的小工。好在她当时个子长得还算比同龄人高些。然而那时她说不来汉语，往往是好不容易找到一份工作，却因听不懂别人说的话而又丢掉工作。为此，她便拼命地学习说汉语。虽说外出打工的日子很苦，但天性就很开朗的她，仍然迷上了唱歌。然而由于不识字，她唱歌时就时常会闹出许多笑话。于是学习识字就成了她生活中一项必做之事，且坚持到今天。也正是坚持学习文化，电脑手机她都能自如地操作，也让如今的生意、工作能很好地融入到时代之中。

贡嘎拉宗深感自己在事业上小有成绩，和自己坚持学习分不开。20岁那年，她用积攒的3000元钱，投资开办了一家小小的甜茶馆，茶馆装修和传统的不太一样，挺受一些有文化的年轻人喜欢，所以生意挺好。因为自己会说流利的汉语，也能读写汉语，对政府的优惠政策理解得快，就能很快地抓住商机。贡嘎拉宗的第二桶金就是这样得来的。那时政府正在推行新农村建设，补贴农牧民新居建设，而房屋装修则蕴藏着很大的商机。于是她便组织家乡里的技工成立了一个小小的装修施工队，走乡串地揽活，几年的时间就挣到了30多万元。没有文化是挣不了这份钱的，光是成本核算就无法进行，没有成本核算，怎么向客户报价？满口胡说可不行，那样非但挣不到钱，亏本怕是必然的了。同样，在她返乡后成立的颇章乡雪村联增羊毛编织合作社和乃东区博巴印民族产品有限公司，经营顺利，同时能吸引到许多大学生人才，都和她自身的文化和能力分不开。所以她常和人说，学习文化是脱贫致富的关键，只有学好了文化，更好地理解政策，并利用好党和政府给予农牧民的各种优惠政策，才能更好地学习各种技能，才能更好地行进在致富的康庄大道上。

贡嘎拉宗视频.png

西藏脱贫攻坚中的巾帼英雄

122

边巴曲吉 洛扎县生格乡仲村

洛扎县仲村优质手工编织专业合作社负责人

边巴曲吉的娘家在靠近县城的门当社区。娘家中五兄妹，她排行老二。大哥成家单过后，她便成了家里的主事者，一干就是十几年。等到弟弟妹妹都长大后，她才考虑了自己的婚事，那一年她27岁，而这个年龄，在相对偏远的乡村来说是偏大了些。这也是她父母高度操心之事。不过，事情并没有那么不堪，一次去县里打工的经历，结识到了她未来的丈夫，于是两人便喜结良缘。

丈夫的家乡是生格乡，在县城河域的下游，是洛扎县几个海拔较低的乡镇之一，属农业乡，而边巴曲吉的娘家则半农半牧。嫁到夫家后不久，边巴曲吉做了母亲，孩子稍大点后，她便为自己的新家做起了规划。

她发现生格乡和自己的娘家最大的不同是，这里的妇女大多不会编织技艺，不像娘家那里的妇女，人人都会一些编织手艺，平常也都会在农闲时，在家编织一些小型的手工艺品，或自用，或出售，总能贴补些家用。而这里的家用编织物全靠去县里购买，农闲时妇女也多窝在家里无事可干。虽说是可以外出打工，但现在还留在家里而未能外出打工的妇女，一定是有具体原因而离不开的。就如自己，孩子太小，离不开母亲。但是，如果不外出打工，家里没什么现金收入，时间一长，自己家也可能会像那些贫困户一样，要靠政府帮衬着过日子。这对于从小就能干好强，早早地就支撑起家事的她，是不能容忍的。而要改变这一现状，就得多想想办法，不是有人说了吗？办法总比困难多嘛。丈夫过去曾学过一些手艺，是不是可以朝这方面想

想办法？当边巴曲吉将自己的想法告诉丈夫时，丈夫觉得这想法挺好，自己曾学过手工裁缝。但是他又说："现在乡亲们大都是在市场上买衣服穿，订做的很少，再就是我不会编织氆氇，如果全靠从外面购进，成本太高，衣服价格高了，订做的人就更少了。要不是因为村里人大多不会编织，村里的编织合作社项目也不会停在那里无人过问啊！"

"什么？什么？村里有编织合作社？"边巴曲吉似乎看到了什么。

"有，但却办不下去了，现在只剩场地还空在那里。"

"如果咱们把合作社接下来做怎样？"

"行呀，但得有技术。"

"技术，咱会，在娘家时咱就是村里的编织能手。"边巴曲吉自信在这点上难不住她。

"设备呢？那可要很多钱置办。"

"咱们可以贷款呀。"

"这……"丈夫想了想，觉得妻子的主意可行。

于是仲村优质手工编织合作社的牌子便挂在了那间空置了许久的厂房门上。

许多年后，边巴曲吉对来访者说："刚开始时，我在筹备资金和雇用工作人员方面遇到了不少困难。我用诚恳的态度打动了村民，得到了村民的信任，入股的村民也越来越多。2017年，我向70多户贫困家庭以分红慰问等方式送去了价值12300多元的物资，2018年，我又向80多户贫困家庭发放慰问金、分红等5万多元。

在党和政府的扶持下，2018年，合作社开始扩大规模。我从洛扎县农行贷款30多万元，用来改善合作社的生产条件，将编织机器从当时的10台编织机、1台梳毛机增加到如今的28台编织机5台缝纫机。

现如今，合作社所生产的各种产品在市场上的销路越来越广，2018年，合作社营业额达到15万余元，对今年新增的30名精准扶贫户进行了培训，确保人人都能织出卡垫。2019年，合作社的营业额达到20余万元。

创办合作社后，积极向群众传授技艺，使无能力外出的群众也能在这里打工，挣到不错的收入，为当地贫困户群众提供了增收渠道。

我在2018年获得了'生格乡优秀党员致富带头人'光荣称号，同时，还被委派参加了'全国妇联乡村振兴巾帼行动新型职业女农牧民'培训。合作社还荣获了'第三届库拉岗日文化旅游节特色农产品先进集体奖'。"

125

边巴曲吉视频.png

西藏脱贫攻坚中的巾帼英雄

索朗措姆 措美县措美镇当许社区拉玛组

措美镇当许惠农羊毛制品合作社负责人

扎染是一门传统技艺，广泛流传于西南民族地区。在藏族地区扎染多用于装饰传统服饰的花边，很少用于装饰整个服饰或单个实用品。然而，扎染图案成形时的偶然性和纹样的独一性，形成了它的独特之美，深深吸引着人们，特别是女性。

但是扎染虽美，制作却不简单，特别是要将其用在羊毛制品上。为此自治区妇联在全区多次举办扎染技艺培训，培训人数不少。然而却因扎染操作技艺复杂和染色原料配方特殊等诸多因素，能持续制作经营的人并不多，索朗措姆却在经过几次培训后坚持了下来。

外出打工经历，让索朗措姆增加了许多见识，也多了一份自信，特别是在和学过画画的丈夫组成家庭后，她想做点真正属于自己事业的愿望就更强烈了。

措美县是传统扎染之乡，曾有多个机构在此举办过多期扎染培训，但如今扎染做得好的却只有那么一两家，其中一家虽说在县里是做得最好的，但它是个体户，老板阿佳年龄大了，再加上家庭原因，后来到拉萨定居了。曾经在她手下做过工的那些有技术的妇女便散落在各村之中，这就有些可惜了。索朗措姆觉得自己如果开办一家以扎染为主的编织合作社，起码招工不成问题。

索朗措姆将自己的想法与丈夫商量，得到了丈夫的支持，他说自己学过画画，会调色，设计也能自己做。这样就方便多了。恰逢此时自治区妇联又在组织扎染技艺培训，索朗措姆便报名参加，一次培训没怎么搞懂，她便参加了多次培训，直到将此技艺全部学懂学透。

传统技艺学到手后，合作社也如期办起来，而生产出的产品，第一年却卖不出去，一下子就将本钱亏出去一半，急得索朗措姆起了一嘴水泡。丈夫见此安慰道："别急，咱们好好找找原因，找那些喜欢扎染的顾客了解了解她们的看法，只要找到卖不出去的原因，就能有的放矢地整改，再生产出来的产品就一定会好卖。"

丈夫的安慰，让索朗措姆静下心来查找原因，通过多方了解，才知道主要原因是羊毛处理不到位，厚重、扎人，这样既增加了成本又不实用，光外表好看不行，还得经济实惠实用才能卖得出去。于是夫妻俩便开始探索改良羊毛的方法。经过努力，产品质量终于得到很大的改观，市场接受度不断提升，但夫妻俩并没有盲目扩

大产量，他们觉得自己的产品还有很大的改良空间，所以经常去内地大的毛纺厂去参观考察，学习先进的经验和技术。

目前，合作社有固定员工25名，其中有10名为贫困农牧民妇女群众。年创收68万余元，员工人均年收入2.6万元。合作社主要是生产各类披肩、卡垫、藏毯、汽车靠垫等羊毛制品，制作工艺传承了民族手工编织技术精华，并融入现代文化元素，以天然植物染色，手工捻线，精心编织，产品柔软、耐用、美观、舒适、大方、富于浓厚的民族特色，深受区内藏族同胞和区内外广大游客朋友的喜爱。合作社规模扩大后，索朗措姆更加注重对合作社的管理。她认为，经营羊毛制品合作社，要坚持以人为本，强化内部管理，加强培训，组织员工学政策、学文化，学法规、学技术，提升员工的文化知识和技能水平，培养其爱岗敬业精神。经过几年的精心经营和管理，当许社区惠农专业合作社在外树立了良好的形象。

合作社成员基本为女性，索朗措姆说这样既能帮助女性朋友增收，又可使其照顾好家庭。工作期间虽然有很多不如意，但是她从未放弃，不断增强创新意识，积极引进先进技术和生产设备。遇到发展瓶颈时，与员工们一同探讨、研究以更快更好地解决问题。就这样，在不断地吸取教训、总结经验基础上，她更加坚定了信心。机遇总是属于奋斗者的。每次遇到困难，她都能在党和政府的关心帮助下，经过自己和员工们的团结奋斗，成功地渡过难关。她说："我要感谢党和政府时刻给予的关心支持，感谢我的新老员工、亲人、朋友对我的信任和帮助，我相信合作社会越办越好，胜利一定会属于我们！"

索朗措姆视频.png

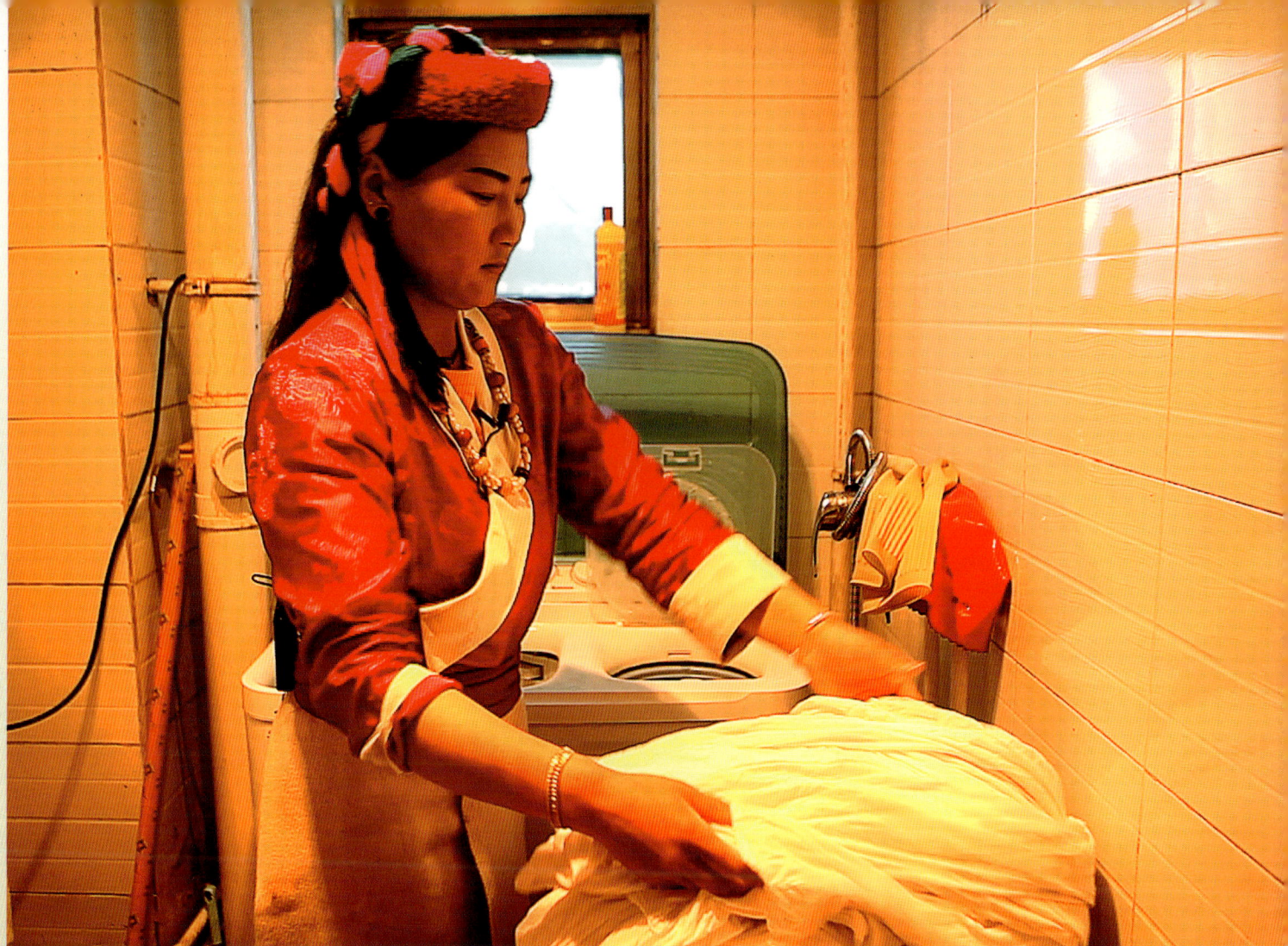

卓玛 错那县麻麻乡麻麻村

最美山村农家乐负责人

错那县勒布沟在西藏很有名，这里曾经是对印自卫反击战的前沿，如今是一处风光绮丽的旅游胜地，麻玛乡就处在景区中心。

卓玛从小就生活在这风景秀丽之山地。这里山高沟深，平地很少。

民主改革后，在党和政府的关怀和支持下，当地人的生活发生了巨大的变化，吃穿不愁。

改革开放以来，政府加大了勒布沟的基础建设力度，大力开发当地旅游资源，使勒布沟发生巨大变化，群众的生活状态和质量也得到很大改善。

在景点没有开发之前，卓玛和妈妈靠编织竹器过日子，后来山上的竹子开花，编织竹器没有了原料，全家就只能靠政府补贴过日子了。如今政府投巨资为当地居民建起了漂亮的极具民族特色的小康示范村，居家面积足够，家家都开办起了家庭旅馆和农家乐，收入节节增长，卓玛一家人和大家一样笑脸常开。

生活好了，人的精气神也足了，卓玛文化程度较高、头脑灵活，积极引导群众学习生产生活技能，提高科学文化水平，为增收创收创造条件。带动10余名妇女编制手工业特色产品，目前人均收入8000元。同时她的"最美山村"旅馆生意兴隆，她利用自己是本地人的优势，主动引导游客体验野炊生活，在旅游旺盛期，组织全乡妇女在新村广场上举办篝火晚会，带动游客融入锅庄舞中，近距离体验和感受门巴风情，旅客往往乐而忘返。这样就大大提高了勒布沟景区的知名度，强化了旅游宣传，促进了农牧民增收。总之卓玛现在就是生活在忙碌和快乐之中，她想幸福生活不就是这样的吗？

133

卓玛视频.png

西藏脱贫攻坚中的巾帼英雄

美朵　隆子县斗玉乡斗村

斗玉农民专业合作社负责人

美朵高中毕业后，就去了泽当打工。那年她19岁。

单亲家庭中长大的她，早早地就知道了生活的不易。况且家里姐姐残疾，帮不了妈妈多少。家中就妈妈一个劳力，想想她该有多难，就这样妈妈还是坚持让她读完了高中。如今自己长大了，是该多分担妈妈身上的重担了。

在泽当的打工经历，教会了她许多的人生道理，当然也给她吃了不少苦头，而正是这些苦头，让她明白了一个道理，那就是做人要脚踏实地，才能真正干出一片新天地。

后来母亲因病去世，家中的残疾姐姐需要照顾，为此她辞去工作回到家乡。

美朵的家乡很美，地处边境深山，一条清澈的大河从村边静静地流向远方。这里是她生长的地方，她的童年、少年都是在这里度过。不管她走出多

远，这里却依然牵挂着她的心。

刚回到家乡时，乡亲对她是否能坚持下去，多持怀疑态度，毕竟她在城里待了10多个年头，应该算是城里人了吧，农村的劳动强度要比城市大多了，况且她还要独自一人支撑起一个家，而这个家却是病得病、小得小，就够她折腾的了，她能支撑下去吗？

回乡后的日子，相较在外打工的日子是要难些，家里有残疾的姐姐和自己刚满周岁的儿子都指望着她不离身的照顾，而地里的农活也需要她去伺弄，那时她可真是分身乏术，无奈之下只好背着孩子，带着姐姐一同到地里干活。她感觉自己一天到晚都有干不完的事情。不过看到孩子一天天地长大、姐姐的病情一天天地好转，她便不觉得有多么累了。

美朵的吃苦耐劳、努力奋斗赢得了乡亲们的认可。同时又因为她文化水平高，思维灵活，有责任心，大伙一致推选她做了村里的妇委会主任。

虽说美朵很忙，但她仍然挤出时间组织、参与村里的公益活动，积极向党组织靠拢。回到家乡一年后她就加入到中国共产党员的行列之中。

因家庭状况，美朵家先前被归为建档立卡贫困户。但自精准扶贫工作开展以来，在政府的帮助下，借助政策兜底和技术培训，她努力奋斗拼搏，改变了家庭的经济状况，并在经济状况好转后，向村委会、乡人民政府提交了主动退出建档立卡贫困户的书面申请。

在主动申请脱贫后，她围绕全村发展大局，切实履行自己村党支部副书记、妇女主任的职责，鼓励引导建档立卡农户自力更生，凭借双手勤劳致富，积极争取野生花椒人工种植项目及技术培训资金，组织带动妇女参与花椒种植，还带领她们学习珞巴服饰编织技艺，力求改变以往"面朝黄土背朝天""得失就靠老天爷"的被动生产状态，为群众增收创收拓宽路径。

梅朵视频.png

西藏脱贫攻坚中的巾帼英雄

松觉拉姆 加查县拉绥乡棍追巴村

加查县藏木富民农民专业合作社负责人

松觉拉姆自记事时起，就对母亲非常崇拜。村支书是什么样的官，她不知道，但她知道村里群众都愿听从母亲。那时村委会在一家据说过去是管家的家里办公。母亲时常和县里区里来的"彭布拉"（干部）一起开会，还会在全村人面前做报告。她说话时的表情，让松觉拉姆觉得漂亮极了。所以松觉拉姆总是有意无意学着母亲说话、做事。

松觉拉姆母亲虽说当上了村支书，但她仍和大家一样生养了许多孩子。民改后，农奴翻身解放，分房分地，地里的收成全归农奴自家。所以多生几个孩子，在那时就极为普遍。松觉拉姆是家里的小女儿。在她的记忆里，母亲总是很忙，几乎顾不上家里的孩子们。

后来家里哥哥姐姐成家的成家，外出求学的求学。就只剩下松觉拉姆和父亲操持着家里的农活。改革开放后，公社集体没有了，母亲也退了下来。家里因劳力不够，收成也就只够全家人吃喝。而要如何改变这种现状，就成了已是家里当家人的她首先要想的事了。虽说那时她才15岁左右。说来也巧，正当松觉拉姆为如何才能挣到现金收入苦恼时，从洛林乡搬迁到村里的几户人家中，就有一户叫次仁的竹编手艺人。他编织的竹器很好卖，要货的人常常要等上一两个月才能拿到货。正因为订单很多，次仁师傅一人很难完成，所以就有招收学徒的意愿，但他只收男学徒。他说，竹编技艺虽说看起来用不了多大力气，但却很伤手，女孩大都爱美，很难坚持下来。

对于次仁师傅的这种看法，松觉拉姆并不是很认同，她觉得伤手是因为过去没有很好的手套，如今市场上到处都有好的劳保手套，有了手套的保护，伤手之事就不大会发生，妇女一定会坚持下来，做得也不见得就比男人们差。次仁师傅看着说话激动的松觉拉姆笑了笑，最后同意收她做自己的第一个女学徒。让次仁师父没想到的是正是他的这个决定，使这个传统竹编技艺得以传承，松觉拉姆也成为了自治区竹编非遗传承人。

学会了竹编技艺的松觉拉姆靠编织竹器日子过得较村里大多数人要好些。两个孩子也很争气，大学毕业后，都当上了教师，家里的收入完全可以让松觉拉姆老两口轻轻松松度过往后的岁月。

然而，当自治区竹编非遗传承人的称号落在了松觉拉姆身上后，她担心师傅传下来的手艺能不能再传承下去。于是便自发组织周边有竹器编织技艺学习意愿的群众，手把手地传授他们竹编技艺。每次活动参与人次达50余人，带动了当地群众增收致富，有利于转移农牧业剩余劳动力。目前，她培养的15名学徒均能够独立完成编制竹编制品，熟悉各项工艺流程。合作社

制作的竹编器具多次参加自治区、加查县非物质文化遗产展厅展示活动，并且每年在山南市、加查县物资交流会上进行展示及销售，所展示的竹编器具都深受广大群众的欢迎，很畅销。

松觉拉姆致富能力强，又热心帮助人。所以，在2011年被村民推选为村妇女主任。

松觉拉姆没有辜负群众的信任。虽然手工竹编业并不被一些人看好，但她一直在坚持。纯手工竹编工序复杂，劈竹先泡竹，用湿淋淋的竹条才能劈好竹器编制材料，才能编制出精细的竹器，而未经浸泡的普通的竹条则难以保证竹器的性能及质量。松觉拉姆通过自行探索，做技术分析，反复地思考，反复地操作，最终将最好的纯手工竹器呈现给客户，技艺传授给学徒。

松觉拉姆从事竹器编织业近32年，利用环保的竹子为原材料，编织出种类多样、精致实用的生活用品，有背篓、竹筛、晒东西的器具等，在加查县拉绥乡一带享有很好的口碑和知名度。

2016年，她又依靠政府扶持妇女自主创业的优惠政策，凭借自己的聪明智慧和勤劳的双手，在爱人的大力支持下，申请成立了加查县藏木富民农民专业合作社。吸纳了20名贫困妇女，传授其技艺，组织她们集中编织或在闲暇时期家中编织。每户每年增收5000元以上，2019年，一直想要拓展竹器编织业务的她，主动作为，积极申请产业项目，在县人社局的大力支持下，分别在加查县经济收入相对落后的拉绥乡、洛林乡开办竹器编织技能培训班，相继为50余名脱贫边缘户传授竹器编织技能，从而为加查县巩固脱贫攻坚成果、实施乡村振兴战略贡献了巾帼力量。2018年，松觉拉姆荣获自治区"巾帼脱贫攻坚女能手"称号；2019年，荣获自治区"三·八红旗手"称号。近年来，每年各大节日她都会去慰问孤寡老人，给她们购置衣物、牛奶等，价值累计8000余元。2019年，"三·八"妇女节，她还专门慰问了本地60岁以上的妇女，为她们购置了米、面等慰问品，价值5000余元。当得知有些家中无劳力的乡亲编织的竹器找不到销路时，按市场价将成品收购，帮助他们增加收入，2019年，从竹器无销路的周边乡亲手中收购各种竹器成品，价值共计3万余元。

为了能让妇女，特别是建档立卡贫困妇女提升"造血功能"，她还常常到其家中，以闲聊的方式教育引导她们改变只靠采集虫草获得收入的思想，教她们学会算账，使其转变思维，拓展致富之路，更好地学习编织等技艺，以此来实现增收。

加查县拉绥竹器编织技艺培训开班仪式

141

松觉拉姆视频.png

西藏脱贫攻坚中的巾帼英雄

林芝市

144

西藏脱贫攻坚中的巾帼英雄

久旺卓玛 巴宜区永久梦想产业园区

林芝巴宜区阿吉林特色经济发展农牧民专业合作社负责人

145

为了方便孩子们上学，母亲带着久旺卓玛俩姐妹来到拉萨生活。在亲友的帮衬下，姐妹俩在此一直读到了高中。

母亲很勤劳，白天做清洁工，晚上为点心店炸"卡赛"（面饼之类的点心），只为了让姐妹俩安心地读好书。

大学没考上，久旺卓玛在城里四处打工，从事很多行业的工作。她认为餐厅服务员的工作对她今后的事业有着不小的影响。服务员每天上班都要面临形形色色的顾客。顾客性格各异，要求也不一样，要使大多数顾客满意，还真不是一件容易的事。这是一个磨性子的职业。如果能成为一名优秀的服务员，那么很多职业也就都能搞定了。也许正是因为如此，2001年自治区旅游局下属旅游公司招工，久旺卓玛很顺利地就被招了进去。

进入公司后，久旺卓玛主动要求去家乡的巴松错景区工作。她说自己本身就来自乡村，再回乡村工作，适应起来快。并且在基层工作，也能积累很多实际工作经验。三年时间过去了，久旺卓玛从前台服务员到副经理再到景区总经理，职务提升很快。做总经理一年后，她了解到公司要开发雅鲁藏布大峡谷景区，便要求前往。她当时想，虽说大峡谷景区才刚准备开发，一切都要从零开始，困难一定会很多，但是如果自己能亲身参与其中，一定会学到很多新的业务知识，对自己的历练和成长会有很大的帮助。开发景区工作首先要求的就是上上下下地徒步爬山。又是三年的时间，这个20多岁的姑娘爬遍了景区的山峦沟坎。公司对她的工作表现和成绩非常满意，又将她派往另一个新开发景区鲁朗古村工作。这一待又是5年。

2010年，喜欢挑战自我的久旺卓玛办理了停薪留职手续，开始了自己的创业之路。2011年8月，经过一段时间的筹措，久旺卓玛借鉴江苏、上海、广东等沿海发达地区农村经济专业合作社的成功经营管理经验，与24户社员在色定村"妇女林卡"正式成立了阿吉林特色经济发展农牧民专业合作社。

合作社主营旅游接待、特色养殖等业务，经过久旺卓玛与社员的共同努力，他们赚得了第一桶金。当社员们分得了2000元到4000元不等的红利时，他们心里乐开了花……

谁知，当社员们还沉浸在分得第一笔红利喜悦之中的时候，由于合作社经营单一、基础设施薄弱，而陷入了困境。正在久旺卓玛和社员们一筹莫展之时，林芝市委、市政府和巴宜区委、区政府及巴宜区广东省第七批援藏工作组向他们伸出了援助之手。巴宜区第七批广东援藏工作组在实地勘察了解情况后，投入300万元援藏资金为合作社完善基础设施，解决了合作社的燃眉之急。合作社发展有了起色后，又办起了一个手工艺品加工室、一个手工艺品销售门市店、一个林下产品加工车间、一个养殖基地，建成了一个集餐饮、观光、湿地体验等于一体的独具工布特色的生态园林式休闲度假区。合作社社员也发展到118名。

现在，手工艺品加工室为更好传承民族手工艺品加工技艺，丰富西藏旅游纪念品市场，增加社员收入，引进了4名民族手工艺品加工师傅。他们制作的每一件作品都十分考究，具有很高的艺术欣赏和收藏价值。合作社手工艺品销售门市店年销售各类手工艺品千余件，年销售额达30多万元。

合作社林下产品加工车间本着"来自雪域、成于天然"的原则，坚持严格的进货渠道，坚决杜绝假货、次货，货真价实地向游客销售松茸、天麻、手掌参、灵芝等林芝林下资源"四宝"，受到了八方游客的好评。由此，林芝林下资源"四宝"走出了高原，走向内地乃至日本、韩国等国家。

合作社养殖基地年出栏2000多只藏鸡、鸭、鹅等禽类，供给合作社餐饮部及八一城区高档酒店，既大大增加了社员收入，又打响了阿吉林合作社的"工布阿吉"品牌。

同时，合作社又大力完善餐饮区、住宿部的基础服务设施，想方设法为游客提供吃、住、游、购、娱的优雅舒适的环境，深得游客们的青睐。

在成绩面前，久旺卓玛表现得很冷静。她知道，公司的发展道路还很长。现在各旅游公司在经营项目和范围上严重同质化，竞争激烈，利润空间很小。所以公司必须要尽快开发出新项目特色产品。为此，久旺卓玛投入资金，开发出西藏第一款用林芝本地特色原材料生产的面膜——佩玛尊男女用面膜。产品一面世就获得市场的好评，虽然销量还有待提高，但久旺卓玛自信满满地说："万事只要开了一个好头，接下来的前景还会差吗？"

147

久旺卓玛视频.png

西藏脱贫攻坚中的巾帼英雄

白玛央金 工布江达县仲沙乡那岗村

那岗村氆氇产销合作社负责人

白玛央金今年49岁，就已做了奶奶。

她的三个儿子都很争气。大儿子结婚早，分家单过，给她生了两个孙子。

两个小儿子，如今都在内地上大学，家里就她和老伴两人过日子。如果不是乡亲们推选做了村里的妇委会主任，她现在的日子应该过得很清闲。

当然，整日里劳动惯了的白玛央金，未必就愿过那种清闲的日子，即使不做村干部，她也不会闲着。而就是因为不愿自顾自地闲着，她自发地组织起村里的妇女学习编织技艺，带领她们在农闲时编织乡间百姓喜欢的实用编织品，且还卖得不错，为在家的妇女们增加了一定的收入。因此她在乡亲们中有了"能人"的称号。村"两委"换届选举，她便被推选进"两委"理班子。

那岗村氆氇产销合作社属于那岗村产业扶贫项目，同时也是仲莎乡那岗村妇女氆氇编织创业基地和巾帼民族手工编制合作社示范基地。正是因为白

玛央金先期组织的编织小组产生了不错的经济效益，它才能落户那岗。2017年，白玛央金由乡政府指派为那岗氆氇产销合作社负责人，全权负责合作社工作。合作社的建设和管理对于白玛央金来说是完全没有经验可循的，于是她就到拉萨周边县区、乡镇的合作社学习取经，然后回来慢慢思考摸索合作社发展模式。

为了增强氆氇制品的吸引力，白玛央金大胆探索、勇于创新，与合作社工作人员设计新花样，不断拓展产品样式范围，将民族视觉元素融入产品设计中，同时邀请专业人士对工作人员进行培训，提升其技术水平，规范工作流程，提高氆氇产品质量。2019年11月，白玛央金在合作社开办氆氇编织技能培训班，组织13个自然村村民学习氆氇编织技艺，由合作社手艺最好的5名工作人员手把手教学，强化群众技能，提高其致富能力。

白玛央金积极利用各种途径宣传产品，通过微信朋友圈，探索销路，后又在乡政府的支持下，租车到县城、各乡镇、各村进行推广宣传。还促使产品在拉萨藏博会、林芝桃花节、工布江达县农业产品展销会、巴松措旅游文化节上亮相，并受援藏工作队邀请前往广东中山市进行品牌宣传。念朗氆氇这一品牌慢慢被人熟知。

生产初期，合作社只有5万元成本，用来购买原材料和生产工具。在白玛央金不懈努力下，经过3年的发展壮大，合作社两次添置设备，目前有17台缝纫机、8架织布机、8个熨斗，生产经营氆氇、毯子、背包、藏装等。现有24位工作人员，其中有2名贫困户人员。

3年间，合作社有零售订单299个、外来订单3个。2017年，总销售97052元，其中发工资16800元，贫困户分红9300元，上交村集体16952元；2018年，总销售79224元，其中发工资17580元，贫困户分红6638元，上交村集体15487元。合作社不仅给村民们提供了工作岗位，也为他们带来了经济收益。

白马央金视频.png

西藏脱贫攻坚中的巾帼英雄

德吉旺姆 米林县派镇吞白村

公尊德姆农庄负责人

153

德吉旺姆从小家境贫困，14岁那年她向妈妈要了500元钱，渡江去派镇进了许多的小日用品运回村子里，她的第一个生意，吞白村的第一家小卖部就此开张。

也许是性格使然，德吉旺姆做事果断，胆子也大，更不甘于平凡，山外的世界无时不在吸引着她去闯荡。当小卖部的生意赚到了3000多元时，她便告别了母亲和乡亲们，来到林芝地区所在地八一镇。在这里她从最基本的小工做起，一直做到旅游公司主管，当她积攒了近10万元钱后，便独立开办起甜茶馆、客栈、旅游公司等，并将自己的生意扩展到了拉萨。她与三个合伙人投资600万元，办起了在当时当地很有名的，专门为自驾游客人服务的"黑帐篷营地"。虽然这次投资最后因一些不可控因素而未能获得理想的收益，但却让她积累了很多经营经验。

2017年，德吉旺姆回老家探望母亲。一日无事，她在村子周边闲逛，看到以前较为贫穷的邻村因发展旅游业面貌焕然一新，而自己村子发展却远不如邻村，她顿时陷入了沉思："我们吞白村有更好的资源，有大峡谷景区最美的南迦巴瓦峰金山倒影，怎么发展却远不如邻近几个村子呢？我是不是应该带头为村里做点事情呢？"于是，她萌生出在村子旧址也就是闻名遐迩的南迦巴瓦峰日照金山倒影的最佳观赏点，建立一个村集体农庄的想法。她找到时任村长，谈了自己的想法，村长对她的想法十分赞赏，并表示村里现在就缺乏像她这样带头致富的能人。德吉旺姆制定了实施方案，交村"两委"班子审议又广泛征求群众意见，她带领乡亲们脱贫致富的想法在村"两委"

和村民的支持下开始一步一步走向现实。

吞白村开始创办筹建公尊德姆农庄，项目拟定总投资1500万元，包括村民集资和银行贷款；项目规划用地约30亩，均为村集体土地；截至2018年4月，已建设完成并投入运营约3900平方米的集餐饮、住宿、娱乐、服务于一体的游客服务中心；建成小精品房30套，约1155平方米，供旅客住宿；基本建成无公害绿色蔬菜种植基地，占地5亩，种植高原特色蔬菜，供游客采摘、亲自烹煮或加工，让游客感受劳动的快乐与亲近大自然的喜悦。项目后续拟建养殖场一个，养编奶牛60头，让游客参与当地农牧民挤牛奶、制酥油、造奶渣等的劳动过程，体验藏民族生活，领略藏家劳动情趣；拟建响箭比赛场一处、骑马场一处，供游客玩乐；拟建藏民族演艺厅一座，让游客观看优美的藏民族舞蹈，欣赏藏民族歌谣。

为公平筹资、分红，德吉旺姆提出"党支部+能人+贫困户（6户16人）+本村村民（36户）"的入股经营模式，按照这种模式，项目目前筹资800万元，其中：德吉旺姆个人出资240万元，占股30%；村集体以土地占股5%；吞白村36户村民出资520万元，占股65%。德吉旺姆又带动建档立卡户入股，为拿不出钱的建档立卡户垫资，帮助全村建档立卡贫困户尽快脱贫致富，得到村"两委"和广大村民的赞赏和支持。

经过大家的努力，农庄发展良好，头年的经营收益就可以偿还近一半的投入，虽然离德吉旺姆打造一流旅游品牌的目标还有不小的距离，但发展前景是光明的。对于这样的成绩，德吉旺姆说："公尊德姆农庄的建成离不开党和国家的好政策，离不开镇党委政府的大力支持。还记得当时去县里跑手续时，县长在听取了我的汇报后表示，县委、县政府将尽力帮助我们这些乡村能人更好地带动乡亲们走向致富路。在县委、县政府的帮助下前期手续办得很顺利，还记得县发改委、国土局的同志耐心细致地告诉我需要的各种材料以及办理流程。党和政府真是帮了大忙啊！我们都一直心怀感恩。"

德吉旺姆申请加入了中国共产党，决心以一名优秀中共党员的标准严格要求自己，主动承担社会责任，积极回报社会。近年来，她在忙着建设管理农庄的同时，每逢藏历新年、工布节等重大节日就对村里贫困户进行慰问，送上慰问物资和现金，带头宣讲党的各项惠民政策，使群众知党恩、感党恩、跟党走。

"我生在大峡谷，长在大峡谷，既然一生与大峡谷有缘，那就让我用一生的岁月去经营与大峡谷的这份缘吧。我将和全村人民一起呵护好、利用好眼前这丰富多彩的旅游资源。"德吉旺姆激动地说道。

"穷人家的孩子早当家。"说这话时益西措姆一脸的自豪感，但也流露出丝丝的遗憾。

益西措姆1993年出生，在她6个月大时父亲就去世了，母亲拖着她和姐姐艰难地生活，没多久就支撑不下去了，改嫁了他人。

随之益西措姆也去了拉萨打工。异乡打工漂泊的生活让这个年轻的姑娘没有任何的归属感，思乡的情怀日渐深厚，当她得知母亲病重时便义无反顾地回到了家乡。母亲和继父这时都得了重病，没多久就先后撒手人寰，留下年幼的弟弟，无疑，照顾弟弟的重任便落在了她的身上。而她也知道，母亲和继父临走时最大的心愿是弟弟能继续求学。所以，在弟弟学成之前，她得守在弟弟身边照顾，返回拉萨继续漂泊便不再现实了。

在拉萨打工的经历，让益西措姆的见识增长了，视野也开阔了。她回到家乡时，正值国家实施乡村振兴战略，家乡需要建设发展，需要跟上时代实现小康。

益西措姆因为有一定的文化知识，又了解外部世界，并能自觉地不停地学习外部新知识而被格拥村的村民推选为双联户户长。益西措姆没有让大家失望。首先她很好地处理了母亲及继父与村民们的债务纠纷，用在拉萨打工积攒的收入，主动还清了母亲和继父去世前所欠村民的债务。还有就是自觉摒弃"等、靠、要"思想，凭借灵活的头脑、辛勤的双手，养殖藏土鸡而上升了为村里的中等户，如果再给她一些时间，她一定会是全村的头号富裕户。

从益西措姆在自家水田里种植着传统水稻"芒贝大米"就可以看出她对现在新兴的消费理念有一定了解。"芒贝大米"

虽说口感不错，但产量太低了，只有杂交稻的三分之一多点。然而正因为口感好，且量还少，益西措姆认为在市场上一定会卖出个好价钱。后来事实也证明了她的看法。同时也正因如此，她得到了乡亲们的认可而一致推选她为村委会主任。

由于她的土鸡养殖有了一定规模，土鸡的肉蛋经济效益不错，加之她对小鸡孵化的难题有了具体的解决办法，在她的带动下，村里的养殖户逐渐增多。再就是她通过抖音等平台向外推广销售"芒贝大米"，销量增加，收入远高于杂交稻，吸引了村民们纷纷加入到她新成立的甲嘎梅朵种植专业合作社来。全村芒贝水稻种植如今已占全村水田种植面积的60%。

大山深处，有了这位年轻的女村长，而有了很大变化，处处朝气蓬勃。乡亲们在益西措姆的带领下，制定发展规划，并一一落实，新农村建设正如火如荼地进行着。

"什么是新农村？新思想，新思路，新方法，新农民的组合就是当下的新农村。建设好新农村，经营好新农村，我们致富奔小康的路会越走越宽广。"益西措姆如是说。

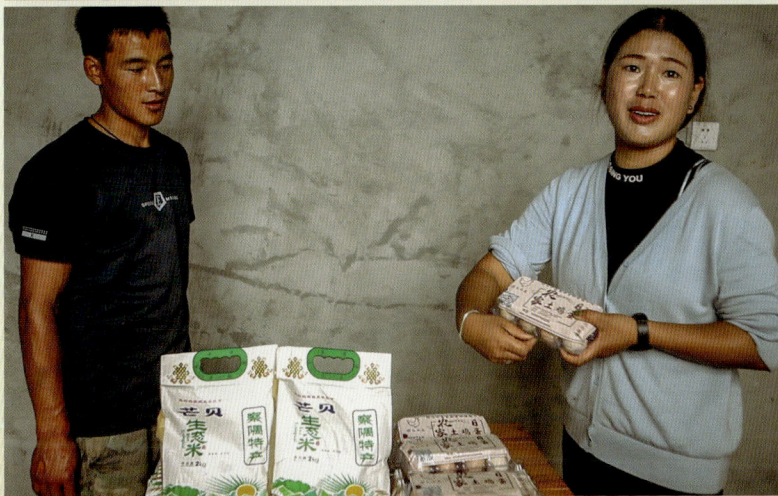

159

益西措姆视频.png

西藏脱贫攻坚中的巾帼英雄

罗布央宗 墨脱县墨脱镇墨脱村

墨脱村美朵阿妈民族特色合作社负责人

墨脱县是全国最后一个通车的县。山高沟深、雨水充足的特殊地理气候环境，使之尽管是现在，还仍时不时地中断交通，经常和外界断了联系。

墨脱县的交通很成问题，但它却有着不同于区内各地的亚热带雨林气候，物产十分丰富。过去，由于交通原因，山里的特产运不出去，许多能适应此地的有高附加值的物产无法开发，当地百姓几乎无现金收入。

墨脱县境内主要生活着三个民族：是门巴、藏族、珞巴。

罗布央宗是门巴族，她丈夫是本地藏族。

罗布央宗的求学之路，真地是一段长长的爬山之路。那时公路未通，进出全靠爬山下山。单边出入一次就得7天左右，最难的是要翻越一座海拔5千多米的雪山。

罗布央宗上学时学的是财会，一直在村里帮忙做些管账之类的工作。坦率地说，那时村里集体几乎没有什么收入，乡亲们除了政府的补贴外，也几乎没有什么现金收入。当然吃穿什么的不用担心，水田里的水稻年年收成不错。当然其他的生活用品价格就不非了，全靠人背肩扛从山外运来，能不贵吗？

罗布央宗返乡后不久，墨脱县通往外界的道路修通了，乡亲们的生活发生了巨大变化，首先物价下来了，其次一些山里的特产也能卖出去了。再就是政府扶持性的投入加大了很多，比如引入茶树、枇杷树以及其他适合当地种植的经济作物。而这些经济作物的种植，直接增加了当地百姓的经济收入。

罗布央宗的经营能力也得到更大发挥。她将一间小的不能再小的破木屋，经营成远近闻名的乡间民舍，深受旅客们喜欢，收入不错，也因此得到村民们的认可，被选为村干部。

既然乡亲们信任自己，那么就得实打实地做出些成绩来。罗布央宗紧跟时代步伐，抓住墨脱发展的大好时机，大力挖掘当地特色，走旅游路，吃旅游饭。她用传统手工做法制作门珞服装、特色手工艺品，还成立了墨脱村美朵阿妈民族特色合作社应，带动乡亲们一起制作售卖特色产品。乡亲们收入有了明显增加，合作社自身也水涨船高，渐渐有了些

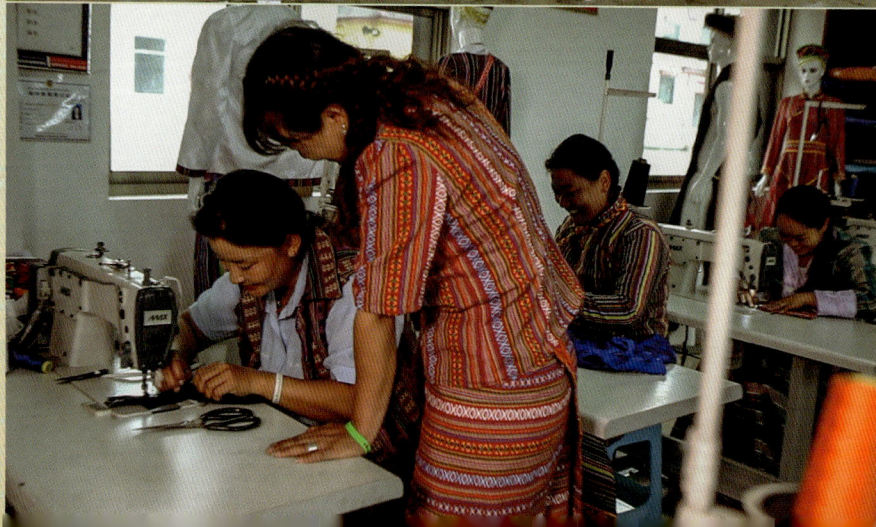

163

罗布央宗视频.png

西藏脱贫攻坚中的巾帼英雄

索朗旺姆 波密县玉许乡玉沙村

波密县索朗旺姆林下资源开发有限公司社负责人

　　索朗旺姆18岁时就被村里的乡亲选为村妇代会主任，在当时她是玉许乡最年轻、学历最高（初中毕业）的村妇代会主任，这让她的母亲在村里很是自豪。虽说那时的村妇代会主任没有进村"两委"，也没有什么工资，最多就是在年底时有一小点的补贴。即使是这样，母亲仍然鼓励她好好干，要知道这是村里的乡亲对她的认可和喜欢。

　　那时，家里有28亩地，却没有什么劳力耕种，索朗旺姆忙着村里的妇女工作，既要宣讲党和政府的各种政策，传授各种知识，还要处理一些家长里短。因此家里的地时常都是索朗旺姆挤出时间来伺弄。好在她手脚麻利，做事快，倒也没怎么误了农时，不过地里的收成比起别人家的总还是要少些。

　　玉许乡深藏在森林密布的大山沟里，气温适宜，林下资源丰富，有虫草、灵芝、羊肚菌、松茸等土特产，所以村民的收入较其他乡镇要高些。上山采挖是很辛苦和危险的，收入也不稳定。索朗旺姆暗自下定决心，一定要想办法改变这种现状，努力实现增收致富。

　　改革开放以来，西藏在中央和兄弟省市的大力支持帮助下，发生了翻天覆地的变化。玉许乡抓住发展机遇，不断加强基础设施建设，改善交通运输等条件，大力发展特色旅游业，也使这里的灵芝、羊肚菌、松茸等特色产品为众

人所知。

　　2015年，旺姆作为玉许乡代表参加了林芝市的妇女主任培训。通过培训，索朗旺姆了解到党和政府对特色产业发展的各项优惠政策，同时通过与参加培训人员的交流，她发现灵芝种植是一条切实可行的致富道路。她多次外出学习灵芝种植技术。学成后，自筹资金5万余元建起了3个温室大棚，开始试种灵芝。

　　在乡亲们的帮助下，索朗旺姆顺利完成种植工作。在她的精心呵护下，灵芝第一年种植即获成功。每个大棚收获灵芝200余斤，每斤售价在350元左右，年增加纯收入十万余元，极大地改善了家庭状况。

　　索朗旺姆雇用当地建档立卡贫困群众种植，并向本地妇女群众传授种植技术，带动本村4户精准扶贫户成功脱贫、50余人实现增收。

　　对于今后的发展，索朗旺姆说，她将继续带动村里更多的建档立卡户一起通过发展产业发家致富。逐步扩大种植规模，带领更多人一起种植。大力开展羊肚菌、灵芝等菌类的种子培育。发展种子培育产业既可以避免因灵芝种植规模扩大产生滞销而影响收益，也利于附近各村及邻近乡镇发展相关产业，可以更大限度地通过嫁接式扶贫带动村民增收致富。

167

索朗旺姆视频.png

西藏脱贫攻坚中的巾帼英雄

昌都市

泽永拉姆 卡若区日通乡瓦列村

昌都市卡若区日通乡瓦列村宗嘎秀然农畜产品专业合作社负责人

泽永拉姆中学毕业后，留在了乡里，这让她的心情十分低落。就差那么几分呀，要是时间能倒退，她自觉自己一定会努力努力再努力。

"时间怎么会倒退呀，别再东想西想的了。村小学的校长到家里来过了，说是有一个老师要回家生孩子，学校里缺一个代课老师，问你去不去。我已经替你答应了。"阿妈对着在窗边发呆的泽永拉姆说道。

代课的日子过得很快，和孩子们在一起久了，什么样的苦恼都会忘记。渐渐地泽永拉姆喜欢上了这项工作。可是生活的轨迹总是像波浪一样，起起伏伏不停。正当泽永拉姆将心思全部用在教学之时，休产假的那位老师回来了，毕竟人家上过师范，学校的选择就一目了然了。

而这次的失业，对泽永拉姆冲击并不是很大，这就是当初差那几分的后遗症嘛。

当生活将你这扇门关上后，一定会为你打开另一扇门。同样因为是中学毕业的关系，乡里决定派泽永拉姆去地区学习兽医。

兽医？泽永拉姆一听就有了想跑的感觉，这工作又脏又累，表面上看是个穿白大褂的，可治病的对象却是牲畜，牲畜和人可不一样，它们可不会告诉你哪里不舒服，要想知道病在哪里，就得亲近亲近再亲近地了解牲畜，闻

个臭味就是小意思啦，女人做这项工作的可不多，毕竟爱美是女人的天性嘛。但是不做这个又能做什么呢？前段时间不是经常去地区打工吗，可那真不是长久之计。去好好学吧，好歹这是一门技术，艺多不压身嘛。想到这里，泽永拉姆便释然了。

经过一段时间的培训后，泽永拉姆正式成为乡里的兽医。而正是这项技能的学习和实践让她找到了适合自己的事业。

随着经济的发展和城市化进程的推进，村里的许多居民纷纷搬到城里或新的安居点居住，在那些新区里没有牲畜的养殖空间，如果还想再养殖牲畜，就得在乡村和新区之间来回跑，而农区一家一户的养殖形态，利润空间有限，不值得村民们来回折腾，于是大家纷纷急着将牲畜出卖，卖的人多了价格就上不去了。而作为兽医的泽永拉姆觉得这是一个商机。她想如果把村民手上的牲畜收购过来，规模化地养殖，那么利润空间是不是就会增大。况且现在城里人总在说什么绿色食品，可儿子老说城里的牛奶不好喝，挺淡的。泽永拉姆将这个想法与家人商量后，得到了家人的支持。于是她便拿出自己多年的积蓄30万元，在2015年开办了瓦列村宗嘎秀然牧场，2017年又追加200万元成立了日通乡瓦列村宗嘎秀然农畜产品专业合作社。

目前，瓦列村宗嘎秀然牧场占地面积约2500平方米，有奶牛170余头，每日所生产的酸奶、牛奶、奶渣等奶制品供不应求，不仅将产品销往昌都市区，因不断扩大的品牌效应，现今产品也销往市区之外，月收入达60000余元，纯收入近30000元。

牧场初办时，经营规模虽小，但泽永拉姆仍然积极按上级党委、政府安排的8头良种奶牛与建档立卡户达成购买牛奶协议，收购贫困户的农产品，达到增收致富的效果。还采取提供务工岗位的方式进行帮扶，拿出临时与固定两种岗位予以帮扶，对于长期可在牧场工作的建档立卡户人员采取固定务工模式，每月3000元工资，对于其他人员采取临时务工的模式，每天100元工资。2017年5月，宗嘎秀然农牧合作社成立，该合作社不仅纳入了全部的建档立卡户，也包含了其他家中贫困或者有意愿的群众共25户进入合作社。不仅可以将家中的剩余农产品送往牧场进行现金收购，同时在年底还能进行分红，这样一来，就可以更加有效地开展扶贫帮扶，在农民丰收节期间，宗嘎秀然对25户（10户建档立卡户）合作社成员进行分红，购买了水壶、蒸锅、水杯等日常用品，付清了前期所有的账目，发放了共计20余万元的现金以及6万元的物资。在逢年过节时，宗嘎秀然还前往卡若区敬老院、拉多乡敬老院等进行慰问，慰问物资共计近30000元。

173

泽永拉姆视频.png

次仁拉姆 卡若区面达乡崩热村

崩热村奶制品加工销售合作社负责人

175

次仁拉姆老家在四川，不过老家对于她来说，却是十分地模糊。她在很小的时候，就被舅舅带到了卡若区面达乡，并在这里读书到初中毕业。

初中毕业后舅舅觉得自己身体不是太好，怕自己走后，留她一人在这异乡生活，会很艰难，于是就在当地寻了一户家境殷实之人将其嫁了。次仁拉姆便在此地扎下了根。

面达乡是纯牧业乡，靠近四川和青海两省，草场平整而肥沃，以牧业制品的品质优良而远近闻名。

次仁拉姆结婚后，在村里做了几年的代课老师。后来因各种原因她辞去了代课工作。但孩子还小，去牧场劳动生活困难很多。冬季还好，冬季草场就在村边，夏季草场就要走得很远，孩子们上学就非常不便了。这让次仁拉姆很是苦恼，牧民不去草场放牧，那还是牧民吗？丈夫却说她想多了，当初她教书时，家里的牲畜就是委托丈夫的兄弟帮忙放养的，他们的孩子不是也请自家人照顾上学吗？说得也是，可不去牧场后，在家里就得找点事来做，分担丈夫肩上的担子，是做妻子应当应分的事。可做什么事呢？次仁拉姆经过观察和思考，决定办一家贸易公司，主要从事农牧产品的销售。公司办起来后，生意挺不错的，渐渐地就成了村里的富裕户。

而公司办得正好时，舅舅去世了，这对次仁拉姆打击很大，做什么事都提不起精神来。公司的生意因此受到影响，丈夫建议她先暂停公司业务，休整一段时间后，再做打算。

其实这些年，次仁拉姆的能干和对大家的热情，乡亲们都看在了眼里。知道她是个能人，但过去总觉得她忙于公司业务，不好意思让她再帮衬村里的事务。现在既然不做公司了，能不能为村里做点事？于是他们纷纷上门询问。对于大家的意愿，次仁拉姆心里是十分愿意的，这证明大家对自己的认可，同时也证明自己现在已经完全溶入到村里这个大集体中了，还有什么比这更好的事了？

后来村委会班子改选，次仁拉姆当选为村妇委会主任，2018年，在"会改联"选举中又当选为村妇联主席。

成了村干部，就得为村民服务，那么做什么才能为村里的妇女们带来实惠呢？当然要发挥自己做贸易的特长了，于是她便在村里办起了崩热村奶制品加工销售合作社。

为了更好地将家乡优质奶制品销售出去，次仁拉姆自费到昌都市学习奶制品加工技术和奶牛养殖技术。带动农牧户将新鲜牛奶进行标准化加工制作，提高奶制品质量和产量。大量收购农产品及林下资源，如青稞、厥麻、芫根等，进行集中销售。大力发展养殖业。实施崩热村奶牛养殖项目，吸收建档立卡户村民参与，亲自传授其先进的养殖技术，带动帮助他们一起致富。2018年全村出售育肥牦牛60余头，销售额达35万余元。崩热村奶制品加工销售合作社当年与建档立卡户分红达29.58万元，比2017年增长61%。

177

次仁拉姆视频.png

西藏脱贫攻坚中的巾帼英雄

加央拉珍 丁青县章多乡章多村

吉祥林卡负责人

179

加央拉珍的叔叔，很早就说过加央拉珍这孩子从小就知道自己想要什么。所以，后来叔叔就把她带到了拉萨，并让其自己寻事作工，养活自己。叔叔只是在她失业的时候，提供住处。

加央拉珍在拉萨从事过多种职业，不同的工作经历让她积累了丰富的经验。后来她学了驾驶，学成后她便在城区开出租车，由于年轻能吃苦，所以她挣得就比别人多些，而且还很稳定。而她却觉得开车并不适合自己，就卖了车，返回家乡丁青县城里开了一家门面不大的茶馆。她自己既当老板又当服务员，且还是厨师。茶馆做得不错，一再扩大，收获颇多，不光收入不错，还收获了爱情。而正当几家邻居准备将自己的门面都租给她时，加央拉珍却筹资四百多万元，买下了城边一块空地，办起了一家名叫吉祥林卡的休闲庄园。

对于这么大的投资，加央拉珍还是第一次，说实在话，那时的她真是有些战战兢兢。开业后的第一年，由于林卡边上修路等因素，生意很差，亏本得利害，加央拉珍觉得自己就要坚持不住时，丈夫不停地鼓励她，并和她一起探索林卡的管理方法。路修通后，交通便利了，客人纷纷上门，生意一天天好了起来，并走上正轨。

加央拉珍在创业之初，得到了村民们的关心和帮助。她一心想为村民们做些实事，为村子的发展添砖加瓦。比如在最初招收员工的时候，她就和丈夫商量说："我们一定要饮水思源，富不忘本，不光要自己创业，更要带动村里贫困群众一起致富。夫妇俩在本乡招收了11名建档立卡贫困人员，为他们提供了稳定的工作及收入，解决了他们家庭的实际困难。并还在逢年过节的时候购买物资去热心慰问。平时她也一直鼓励大家要掌握一技之长，相信命运掌握在自己的手里。加央拉珍表示，下一步将为环卫工人送去温暖，她说因为自己在困难时期得到过别人的帮助，所以她更想在自己有能力的时候去回报社会，去帮助那些真正需要帮助的人。

时至今日，她仍乐此不疲地奋斗着，帮助着别人，竖起了一面带动致富的旗帜。她努力推动庄园发展，帮助村民转变思想，增加收入、改善生活。每当提起她时，人们都会竖起大拇指称赞她。

181

加央拉珍视频.png

西藏脱贫攻坚中的巾帼英雄

达娃 丁青县沙贡乡沙贡村

丁青县沙贡乡妇女缝纫示范基地负责人

学习这项技术比较靠谱。如今大家生活好了，吃穿不愁，都在追求更高的生活品质，穿漂亮的传统藏式服装的人也越来越多，但是机制传统服饰市面上几乎没有，全靠手工制作。而从事手工制作服装工作的师傅，据她了解，并不是太多，真正愿意学的年轻人也不多。总地来说，在当时这一行的竞争并不是很激烈，机会也有很多。

多少年过去了，达娃对自己当初的选择有了一种自豪感，正因当初选择进入了这个行业，她如今才能办起真正属于自己的服装厂，看着明亮的车间和一排排缝纫机以及来来往往的员工，她觉得自己有信心将服装厂办得更好。

学习技艺出师后，达娃就在布达拉宫脚下，租下了一间小小的铺面，主要订做藏式服装，同时还加工一些游客喜欢的简单的民族服饰成衣。谁知，正是这些成衣成就了她。她做的这些成衣，借鉴了内地一些制作方法，设定了大中小几个码供客人挑选，而且还增加了几种样式，价格比订做得要低些，买的旅客很多，同时也吸引了一些本地顾客，销量不错。

同行一看这种成衣卖得不错，也纷纷向此投入。而她却因是单打独斗，批量上不去，便渐渐地被挤出了市场。

一次回丈夫的老家探亲，和邻居阿佳们聊天，达娃了解到，这里的妇女在挖完虫草后，几乎无事可干，因为缺文化缺技术她们又没法外出打工，对外面的世界了解甚少，思想观念比较落后。虽说她们有虫草收入，不愁吃穿，但却无法跟上时代的脚步。于是，达娃试探地问村里的妇女，如果她在村里办一个服装厂，教授大家裁缝技术，有没有人愿意参加？大家一听便说，村里原来就想办一个妇女合作社，可是没有技术，派出去学习技术的人，又都没有经营经验，怕搞亏本了没法交待，结果合作社就没有办成。达娃的提议正合大家的心意，如果能办起服装厂，大家一定涌跃参加。

2018年5月，达娃的沙贡乡妇女服装缝纫示范基地开业，并争取到县职校的校服订制业务，同时又在拉萨建立起了销售门面。服装厂吸纳了8名本村妇女，其中，建档立卡户人员7名、边缘贫困户人员1名。她们在厂里经过一年的工作，如今全部都已脱贫。

达娃从家乡来到拉萨打工。随着阅历的增长，她越来越觉得拥有一技之长的重要性。只有学得一门手艺，才能有立足之地。所以她时时留意适合自己学习的技艺。一日，她在八廓街看到一个招收制作民族服装学徒的广告，觉得

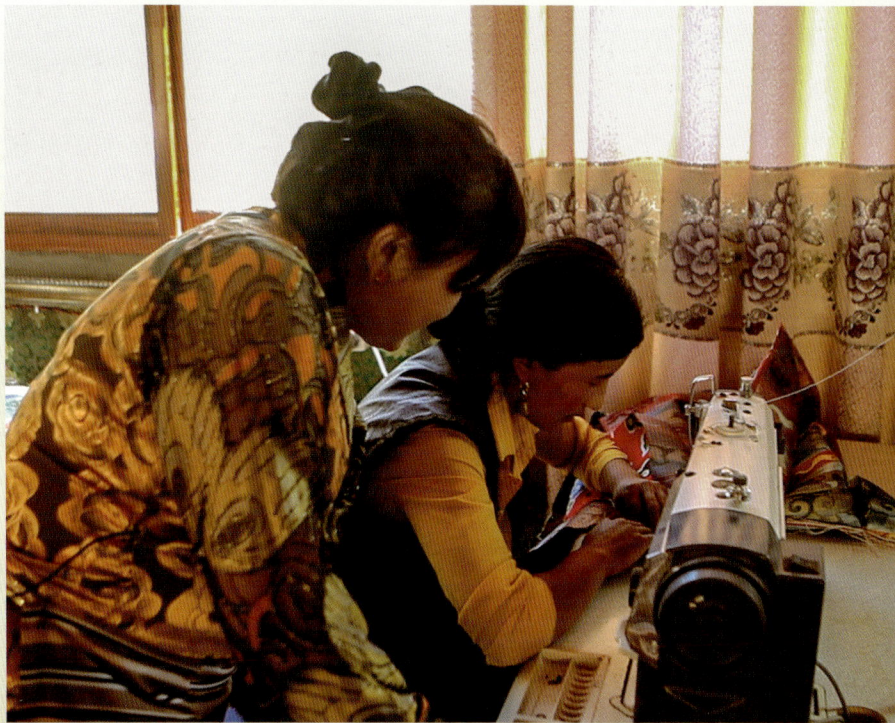

达娃视频.png

扎西次措 类乌齐县桑多镇冬孜巷居委会

类乌齐县扎西次措民族服装加工责任有限公司负责人

扎西次措今年52岁了，在当地已是小有名气的她，在那间堆满各种布料衣物的裁缝车间里不停地忙碌着，时不时地对身边的员工、学员加以指导。这就是阿佳扎西次措最想要的生活，忙碌而充实，让她有一种成就感。

扎西次措出生在一个世代以裁缝为生的家庭，在童年时光里，她就喜欢搜集一些破烂的胶鞋、衣服，模仿爷爷和阿爸把这些"废品"加工成自己喜欢的服饰。

1991年，扎西次措参加了当地妇联举办的缝纫裁剪培训班，学成后，她便开始了自己的创业生涯。1992年，她创立了一家小型服饰加工厂，专门收特困家庭的孩子和孤儿为徒弟，将自己学到的所有本领都传授给他们。为了更好地售卖产品，她又在桑多镇开了一家藏族服饰店，采取订单加工模式，与服装商签订合同，招聘一批有一定文化基础的妇女，一边学习，一边打工，以合作的方式付给他们劳动报酬。

同时，扎西次措还积极带动全县贫困妇女就业增收。作为基地负责人，她年复一年地坚持无偿为藏族服饰加工培养人才，每年农闲时节，培训班人员多达60余人。截至目前，共培训出专业人员４８０多人。她还将价值8万元的藏式服装赠送给养老院孤寡老人。

"我以前根本不会做衣服，多亏了扎西次措老师的指导，我的手艺长进很大，做出来的服饰带来不少收益，有了稳定收入，家里两个大学生的学费、生活费都不愁了。"在昌都市妇联"妇女创业就业基地"，次央巴措正在熟练地使用缝纫机缝制一件藏装的边饰。她是一名单亲母亲，以前没有工作，生活很困难，扎西次措得知情况后，专程上门邀请次央巴措到公司来工作。

25岁的类乌齐镇人巴桑措姆在扎西次措的公司当学徒，她说："我来这里就是想在扎西次措老师指导下学一技之长，学成之后，我也想开一个家缝纫店，用自己的双手改善家里的生活。"

"得益于党中央的关怀，现在的各项扶持政策真是好。"扎西次措说，"我打算2020年在这里新建一栋楼，一层开商铺，二层作为服饰加工厂房，三层设为电商销售办公点，吸纳44名待业大学生就业，四层为工人休息室，五层是一个展览室，展现家乡人民生活方面的发展历程和变化，让大家知道我们现在的美好生活是怎么来的。"

扎西次措视频.png

西藏脱贫攻坚中的巾帼英雄

亚嘎 类乌齐县宾达乡热西村

宾达乡塔姆乳制品加工农民专业合作 社负责人

1990年，刚刚高中毕业的亚嘎，从四川巴塘嫁到类乌齐县热西村。丈夫是电厂工人，人很本分，公婆也很实在。

其实普通人的生活，只要顺畅，也会过得很快。转眼亚嘎的大女儿就从大学毕业了，并考上了公务员，小女儿也到昌都市里读高中。没有了孩子的拖累，亚嘎就将自己的更多时间用在了村里。

作为一名从四川嫁过来的藏族高中毕业生，亚嘎一口汉语说得非常流利，时常为村民们朗读国家的民族政策，后来更是直接成为村里集体企业的销售代表。2014年，村民们一致推选她为村妇代会主任，2019年，"会改联"时，亚嘎又当选为村妇联主席。

自从当上了村干部，亚嘎就更加用心于村里的各项事务，特别是有关妇女的各项工作。

亚嘎认为要想带领妇女群众脱贫致富，自己就得做带头示范。于是她就用自家多年积攒的60多万元，投资成立了滨达乡塔姆乳制品加工农民专业合作社，加工销售牧业产品。

2017年，亚嘎争取到农牧民妇女手工编织技能培训经费，积极组织精准扶贫建档立卡户贫困妇女学习手工编织技能，让留守妇女不离家就能灵活就业，既能让她们照顾老人和儿童，又能解决无业妇女就业难的问题，增加她们的收入，促进家庭和谐、社会稳定。

亚嘎为人热心，总是在为群众"跑腿"，村民们小到修房砌墙，大到生病住院，她的身影总是活跃在他们的眼里、心里。面对群众的求助，她总是倾力相助，前后多次赴昌都陪护住院村民。

由于疫情的影响，合作社的生意不是太好，但亚嘎坚信中国人民在党和政府的领导下一定会战胜疫情的。她对丈夫说："现在党和政府非常关心农牧民，又有许许多多的优惠政策，只要好好努力工作，一切都会好起来的。政府在电视上不是在鼓励地摊生意吗？只要地摊生意兴旺，那么从我们这要货的人就会多起来，生意想不好都不行，你说是吧？"

亚嘎视频.png

西藏脱贫攻坚中的巾帼英雄

玉珍 芒康县纳西民族乡纳西村

纳西村农民酿酒专业合作社负责人

家的酿酒手艺规范地传承下去。传统的传承办法，更多的是靠传承人的悟性，而现代设备却能很规范地传承，酒厂可以用现代化标准培训人才，以前她以家庭作坊培养村里的妇女，办过几期酿酒培训班，表面上看大家都学会了，可是酿出的葡萄酒口味却多种多样，没有一个让人满意。因为她们在酿制过程中标准全靠眼睛估算，靠经验，随意性太大。建厂后用设备来确定标准，就很严格了。她要将自己种植葡萄的经验传授给大家，自己不种了，手生了可怎么教大家？

在大面积种植葡萄的同时，玉珍又在地里套种藏红花，藏红花经济价值很高，但是就是采择比较麻烦。

她请了十户贫困户来地里采择，采择后的藏红花，全部归他们自己。每户大致增收约1万元。

玉珍一直忙碌并快乐着，她会坚持传承和推广葡萄酒传统酿制工艺，让更多的人学会酿葡萄酒，带领他们一起致富奔小康。她认为这是一件很有意义的事。

玉珍今年57岁了，但并不显老，仍是那幅瘦瘦的精干模样。

她2002年开始酿制葡萄酒以来，直到现在仍然是村里最好的酿酒师，她家酿的葡萄酒都是当地销量最大的，而价格却始终是每斤10元。

当被问起现在物价上涨了，她家葡萄酒为何不涨价时，玉珍说："咱酿酒为的是不让手艺回潮，勤做才能精艺，至于收入，不亏损就行，家里现在也不缺钱，孩子们都大了，且都有着不错的工作，不用再为她们操心，而自己天生就是个闲不住的人。"

玉珍准备建家酿酒厂。先投入２００多万元建起了厂房，等后续资金到位再进设备。

她建厂是为了更好地把自

196

197

玉珍视频.png

拉措 江达县江达镇嘎通村

江达县康巴藏东民族服饰加工销售有限责任公司 安馨驾校负责人

拉措性格开朗爽直，在村民眼中，她"脑瓜子转得快"，想法多、思路清，更可贵的是热心肠，愿意为大伙办事。村里谁生病了，她帮着送医院，跑前跑后；邻里出现了纠纷，她帮着巧妙化解；每半个月，她都会组织村民把村子打扫一遍。所以她深得乡亲们的喜爱。2009年，拉措就当选为村委会干部，后又当选为县政协委员，更是成为党的十九大代表。

2013年，作为政协委员，拉措到县里各乡镇了解情况，听到老百姓反映最多的是，学技术难，尤其是学驾驶技术，整个县里没有一所驾校，人们要想学习驾驶技术就得去昌都市里，而且费用不菲。随着当地经济的快速发展，运输需求急剧增大，许多农牧民家庭都向运输行业投入，而江达县又地处西藏和四川的交界之地，317国道穿城而过，运输行业发展较快。县城边的几个乡镇几乎家家都购买了货车，而没有驾驶证。所以考证难的问题就为当地老百姓的大问题。

群众的需求，就是共产党员的努力方向。拉措调研完回到家里，就同丈夫商量是否可以在县城办一所驾校，丈夫自己本身就是驾驶员，很了解当下老百姓学驾驶的难处，所以表示支持，并和拉措一起四处奔走筹资、办理相关手续。

拉措所办驾校就是位于江达县城附近一条山沟里的安馨驾校。训练场宽阔平整，车库里整齐停放着一排教练车。首批学员就有200多人。来自生达乡的贫困人员拉宗就是在这里学到驾照的，如今在县城开出租车。近5年来，有2000多人在这里学车，考取驾照。

这几年，安馨驾校还承办了"精准扶贫驾驶技能培训班"。"考驾照的主要费用是政府出的，驾校这边只收500元食宿费。如果是建档立卡贫困户来学车，这笔钱我们也免了。"拉措说。驾校还吸纳了10多名贫困群众在这里就业，让她们有了稳定收入。

2017年，拉措又成立了服装加工厂，经营民族服饰加工销售。加工车间就在驾校院子里一栋三层大楼里。

来自字嘎乡的扎西江措紧盯着快速跳跃的针头，用手推着酱红色布料缓缓前行，不一会儿，一大块被缝合过的衣料在缝纫机前高高隆起。扎西江措学习藏装缝制不到两年，就已开始带徒弟了，如今月收入有

4000多元。在此之前，他是建档立卡贫困人员，靠在县城打零工挣钱。

这里还有17位和扎西江措一样的员工，都曾是贫困人员，如今每人每月收入在3000元以上。

"服装加工厂能顺利办起来，要感谢相关部门的大力支持，这栋楼就是用产业扶持资金建设起来的。"拉措说，"旅游业越来越火，我们县就在317国道边上，藏装生意也一定会越来越好。"

近年来，地处河谷地带的江达县优化城市布局，大型货车要在城区外卸货，畅通物流的需要变得更加迫切。这也给老百姓带来机遇。

"我们准备干物流，这样能解决好多人的就业。"拉措说，"我们村有88户353人，其中有车的有37户，劳动力有270人，我们搞物流有条件。"

目前，在拉措的动员下，嘎通村全体村民集资，再加上汽车维修项目援藏资金的投入，一个占地15亩、总投资800多万元、距离县城约两公里的物流公司即将开建。

这些年来，她还到不少困难妇女家中看望慰问，给她们送去生活必需品和慰问金。

在拉措心里，帮助他人始终是第一位的。"我们正在申请成立一个社会组织，这样可以接受社会捐助，帮助更多困难群众，特别是农牧区的妇女儿童。"拉措说，"父母亲一直告诉我要为乡亲们多做好事，要带好头，让嘎通村富起来。"

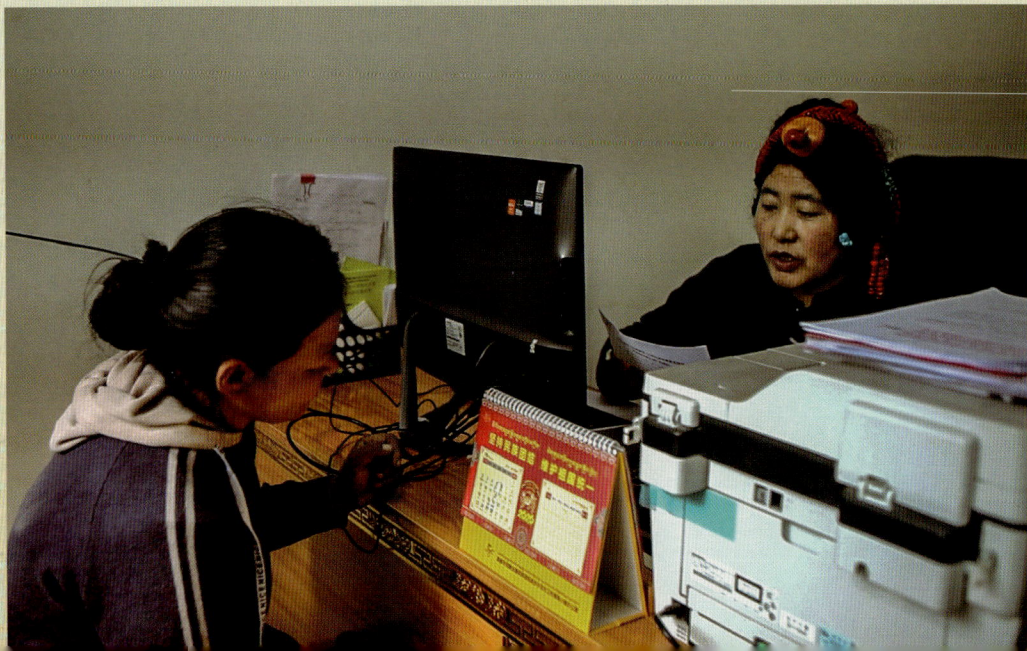

教练

拉措视频.png

西藏脱贫攻坚中的巾帼英雄

曲觉拉姆 左贡县旺达镇孟琼村

旺达镇孟琼村农牧民专业合作社服饰加工组负责人

曲觉拉姆是类乌齐县扎西次措阿佳的学生。

能到类乌齐县的扎西次措服装合作社接受培训，曲觉拉姆觉得自己首先要感谢老村长，是他从在县上培训的10个本村妇女中选中了自己，其次又要感谢市妇联举办了这次培训，培训班不但教授技术，还每天给学员们补贴100元的误工费。正是这样贴心的安排，让曲觉拉姆觉得如果不好好学，那真是对不起人家呀!

学成返乡后，曲觉拉姆便着手筹办民族服饰加工合作社。

曲觉拉姆上有父母，下有上学的孩子，生活上虽说不算困难，但也并不富裕。在建设合作社的整个过程中，他和家人遇到重重困难，资金短缺等问题都重重压在她的头上。但她没有被这么多的困难所压倒，她认为开弓没有回头箭，既然选择了这条路，就应该勇敢地去面对，不能退缩。合作社在社会各界的帮助下终于建成了，村委会更是为其免费提供了民族服饰手工纺织所需的材料、机器以及厂房等。

盂垱村临近县城，有地理优势，制作的成衣能节省大量的运输费用，竞争优势大，可以很好地依托民族文化产业基础，实现市场化、规模化经营，为精准扶贫户们提供更多的就业岗位，促进他们共同增收致富。

曲觉拉姆视频.png

西藏脱贫攻坚中的巾帼英雄

那曲市

西藏脱贫攻坚中的巾帼英雄

措拉　班戈县普保镇岗果村

班戈普保镇纳木琼妇女特色专业合作社负责人

班戈县是那曲市西部四县里离市里最近的县，是步入羌塘无人区的起点，措拉从小就生活在这里。

2005年，措拉当选为岗果三村的妇代会主任（那时村妇代会主任是没有月工资的，年底也要看村妇会的收入来决定补贴多少）。为了更好地为村里的妇女群众服务，她将自家的牲畜托给在草场的亲戚放养，自己常年在村里主持妇女工作。

怎样才能做好村里的妇女工作？怎样才能组织起村里的妇女一起走向富裕？措拉知道光靠嘴说是不行的，得实打实地干出名堂，才能有实力帮扶贫困妇女，才能带领妇女们一起奔小康。

于是她便自己拿出400元的积蓄，再向村里申请了一间小土屋，开起了一间小卖部，一年后，有了些资金积累，她便使用这些资金，再加上她申请到的各种扶贫资金27000元，成立了普保镇三村纳木琼妇女特色专业合作社，全村的妇

女都是合作社的股东，管理权归村妇委会。

合作社通过经营种类多样的奶制品、民族特色手工艺品等，逐渐在市场上站稳了脚跟，每年纯收入2-4万元。

合作社的成立还解决了本村32名妇女的就业问题（短暂性就业30名妇女，每年有多则400元至500元，少则100元至200元的收入；长期就业2名妇女，每月有1500元工资）。2018年7月，措拉联合四个兄弟县的妇女致富能手成立了那曲市妇女联合创业有限责任公司，措拉为加工生产羌塘推、牛羊奶主要负责人，为本村群众提供10个就业岗位，每月工资3000元。

岗果三村纳木琼妇女特色专业合作社，每年还从纯收入中拿出6000元资金用来帮扶本村特困户。妇女特色专业合作社的成立不仅拓宽了牧民群众致富渠道，大大增加了群众收入，同时还大大增强了妇联组织在妇女群众中的凝聚力。

措拉视频.png

次仁旺姆 双湖县措折罗玛镇罗马尼直村

罗马尼直村羌塘妇女合作社负责人

集全村妇女开会，说现在蔬菜很好卖，价格很高，种植蔬菜一定可以增加收入。于是组织全村妇女利用业余时间投工投料建蔬菜大棚，半年后便收获了1500斤土豆和500斤小白菜，拿到镇上很快就卖完了。这样村妇委会就有了些自己的收入，可以提供一些帮扶活动资金。能在这么高海拔的地区种出蔬菜来，已是前所未有之事，靠的是全村妇女的努力，同时这也是村妇委会组织能力的一种表现。

虽说有了开门红，但次仁旺姆觉得并没有给村里的妇女带来多少实惠，得实施更多的实业项目才能真正地增加大家的收入。正好此时村里一位编织手艺很好的阿佳请她帮忙到县里卖编织物，让她看到了新的目标。2008年，次仁旺姆组织全村妇女学习编织手艺。每人出资50元用以购买纺机。年底便生产出羊毛被、羊毛糌粑袋等传统手工艺品。妇女每年能增收300多元。

2008年底，次仁旺姆利用编织合作社的积累资金3000元，开办起一家藏餐馆，由每次两名妇女以一个星期为周期轮换营业。共安排36人，员工年工资3379元。合作社营业总收入达到124870元，其中10000元投入到合作组织资金中并进行年底分红；94720元用于新建房屋3间，同时对村委会闲置的2间房屋进行维修，以作为藏餐馆的经营房；20150元用于今后经营藏餐馆的流动资金。

2013年，利用驻村工作队提供的帮扶资金5000元，加上历年积累的10000元资金，次仁旺姆开始了妇委会的第四个项目——开办服装店，主要制作藏装，从此冬季人部分牧民都从本村服装店购买藏装。在服装店常年工作的有30名员工，人均年工资达3754元，至今收入总额达29484元，圳存有现金3669元。因服装店生意很好，需要店面销售服装，于是一间多种经营的小卖部应需而生，售货员也如同藏餐馆一样在村里妇女中轮换。

传统鞣皮手艺大多掌握在男性手中，但因放牧等因素，愿意鞣皮的人不多，主要是现在可以直接卖皮，虽说价格低些，但省事。次仁旺姆却从中看到了商机，传统鞣皮是挺麻烦，但鞣出来的皮却是一些传统手工艺产品必需的原料，价格比机鞣皮高许多，便安排15名中年妇女学习鞣皮技艺，一年就鞣皮65张，营收20400元。

时至今日，合作社已有固定资产近30万元，每人每年增收近千元。

如今村里的妇女对次仁旺姆的工作给予了高度肯定和认可，大家都觉得当初选她做妇女干部是选对了，她们希望次仁旺姆能一如既往地带领大家一起奔小康。

双湖县是西藏自治区最年轻的县，地处羌塘草原的腹心地带，地广人稀，平均海拔在5000米左右。措折罗玛镇罗玛尼直村是一个离县城200多公里的小村，全村223人，均靠养羊为生。

由于地广人稀，道路漫长，牧民们与外界交往不便，来去一次县里，即使有车，也要一天的时间。所以牧民对外出打工并不积极。特别是村里的中青年妇女，她们上有老，下有小，各种拖累让她们很难走出家门，这是造成她们经济条件差的主要原因之一。

2007年，次仁旺姆，被大家选为村妇委会主任。妇女们都希望她能带着大家走向致富之路。

阿妈告诫她："大家为什么选你？不就是看上了你有文化，爱学习，知道很多大家不知道的知识，能更好地理解政府政策吗？你要加油，不能辜负大家对你的期望。只要你认真地去干，一定能干好的。"

上任后，次仁旺姆去镇上附近的几个村子做了实地考察。回来后，她召

次仁旺姆视频.png

西藏脱贫攻坚中的巾帼英雄

贡确　色尼区那曲镇16村

金领羊贡宗农牧民奶制品经济合作组织负责人

贡确觉得自己还很年轻。自从丈夫十几年前离世后，她独自一人拖拉着两个孩子求生活，苦是苦了点，但却很锻炼人。贡确现在就觉得没有什么事能难倒自己。

所以当儿子说要将她的孙子送到城里读书时，她马上就答应了，并愿到市里陪伴照顾孙儿们，让在牧场放牧的儿子媳妇放心。

进城后的生活相比在草场要轻松得多，但经济支出却要大得多，全靠牧场的收入，显然不够，怎么办？贡确对市里的市场作了详细的了解。觉得现在大家收入高了，生活品质要求也相应提高，对牧场的天然奶制品的需求日益增加，所以可以利用自家本身就是牧民的优势，在市里办一个生产加工销售畜牧产品的合作社，一定不会亏本，而且还能顾及到孙子们上学。

贡确多年来养成了一种说干就干的决断性格，正是这种性格，让她在劳动和生活中迅速地成长起来。

开办合作社，并非是件容易的事，特别是在城市里。就光是租店面一件事就让贡确忙乱了好一阵子，地段看好了，转让费却很难谈下来，费了九牛二虎之力才谈妥，就这样，还没怎么进货，30多万元就花了出去，这可是贡确几年来省吃俭用积存下来的全部积蓄。

生意开张后，由于贡确所卖牧产品都是直接从牧场运来的，没有任何的添加，即便是酸奶也是采用传统方法制作，因为所有产品都是原生态的天然食物，所以卖得非常好，供不应求。然而贡确并没因自家的产品供不应求，而扩大供应量。西藏草原上的畜牧产品，由于高原和草场的原因生产周期长，产量提升有限度，所以贡确只能以限定的产量销售，才能保证质量和品质。

贡确的欧玛停嘎村奶制品农牧民专业合作社从2012年成立以来，不但给贡确带来了较为丰厚的收入，还带动本村60户牧民（其中贫困户7户30人）走上致富之路。合作社在色尼区建有固定的销售网点，所销售奶制品已在本地有着良好的口碑。合作社年收入达到35万元。因加入进来的牧户逐年增加，奶制品产量也在稳步增长。

219

2018年，在那曲市色尼区那曲市妇联培训中心临街的铺面里，6位中年妇女激动地将一块方形牌匾挂到墙上，牌匾上面雕刻着"那曲牧女联合创业有限责任公司"。

这家"联盟公司"由原央金商贸有限公司、比如县夏曲镇刚拉村奶品专业合作社、那曲县那曲镇拉朵村玛古组羌塘奶制品农牧民专业经济合作社、那曲美朵建筑工程有限公司、那曲县香茅乡4村奶制品销售加工农牧民专业经济合作组织联合组成，各公司负责人均为女性牧民，平均年龄为50岁左右。联盟公司主营餐饮、妇女施工队、奶制品、冬虫夏草、糌粑土特产等。

作为"联盟公司"发起人的文措早年就离开比如老家，嫁到了那曲。时至今日，经历了太多太多的苦乐。她现在是三个孩子的单亲妈妈。为养活孩子，文措说自己除法律规定不能做的事没做过外，其他什么事都做了。其间有劳累、有艰辛、有委屈，但也有收获的快乐、成功的自豪。当然也有遇到发展瓶颈的苦恼。她的苦恼同时也是另外几个姐妹的苦恼。单打独斗的想要得到大的发展难度较大。资金跟不上，规模做不大，没规模就难以吸引人才，没人才就难发展。道理大家都知道，可破解起来就挺难的。要不是市妇联在其中穿针引线，"联盟公司"怕是很难这么快就成立了。

成立公司容易，但要做好却并不是一件容易的事，表面上看公司经营项目挺多，可什么才是主要经营方向？利润增长点在哪里？资金要投放多少？都考验着这群大妈们。

还好，毕竟都是老生意人，她们选的第一个重点项目，就获得了巨大成功，既有经济效益也有社会效益。

具体地讲，她们利用自己本身就是牧民，和草场的牧民有着千丝万缕的联系的优势，说服许多户牧民佘到一到两头牲畜，一年付给含息债款。总共佘到170多头母畜，她们又向乡里承包了一片草场，雇牧民放养牦牛。并在这个新

兴的牧场里实行严格的质量管理，以保证不再有那种零散收购奶制品出现品质问题（卫生不达标、掺水、缺斤短两等）。这种做法，引起了一些大客户的兴趣。过去这些客户在收购中，也时常遇到这样的问题，但因供货者全是散户，大家的量都不大，户数又多，一旦出了质量问题，大客户想追查往往都觉得无从着手。而如今有这样一个能大批量供货，且又能保证品质的供货商，能不引起他们的兴趣吗？他们想，再怎么不理想，起码在出了品质问题后，可以直接追责任。于是很快大批的订单就飞了过来，一年后公司就还完了全部的赊债，牧场上的母牛也纷纷产下了幼畜。如今牧场存栏有300多头牲畜。

公司经营成功后，又积极探索多样性生产和收购模式，直接带动起农牧民的生产积极性，为其增加收入做出了很大贡献。

文措视频.png

西藏脱贫攻坚中的巾帼英雄

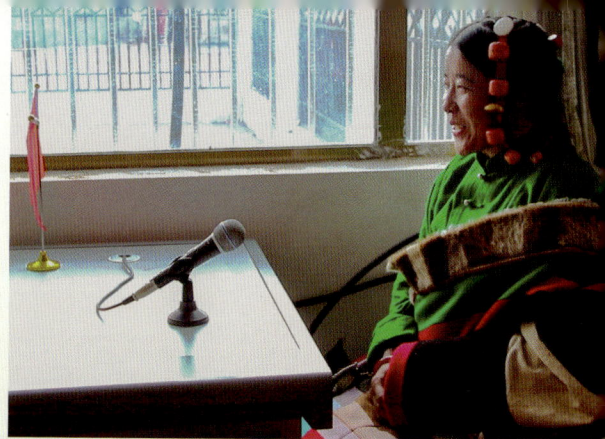

其德　巴青县江绵乡坡荣塘村

江绵乡巾帼扶贫油饼合作社负责人

其德觉得文化知识很重要，知识能改变人生。乡亲们缺乏见识，缺乏对外面世界的了解，特别是女性更加需要走出山里，到外面的世界去看看，见识见识山外面的人是怎样生活的，了解自己的生活和他们有着什么样的不同，同时体会一下文化对于外面生活的人们起着什么样的作用，再积极思索怎样利用文化来提高大家的生活品质。自从虫草在外面的世界大卖，虫草产地的乡亲们大都富裕了起来，但是由于文化水平不高，缺乏见识，他们的生活质量并没有发生多大的改变，一些旧习俗还在主导着妇女们的生活。而要改变这一现象，就得利用文化知识脚踏实地为群众做点事，引导人们尤其是妇女群众走上积极向上的生活之路。这便是她加入共产党的朴实想法。

1999年，其德职高毕业后，就留在那曲医院做了护士。5年后，其德辞去医院的工作，返乡做了一名赤脚医生。当乡亲们问她为什么要这样做，她笑而不答。

其德的工作忙碌而充实。她满腔热情地为乡亲们服务，不管是深夜还是风雨交加的日子，她随叫随到，自己治得了的，就认真尽力去治，自己治不了的，就建议送医院诊治，有时还亲自陪着去医院。正是因为这种认真热情的工作态度，而得到村民的一致认可。2014年其德被推选为江绵乡8村村民委员会委员和村妇委会主任。

当上妇委会主任后，她便将自己曾经思索过的一些想法，贯彻到自己的妇女工作中去，并取得一定成效。同时她仍积极地探索更有效做好妇女工作的方式方法。

2018年，村妇联组织进行了"会改联"改革，其德又被推选为妇联主席。村里又选出1位副主席、3位兼职副主席、7位执委。基层工作力量增强。

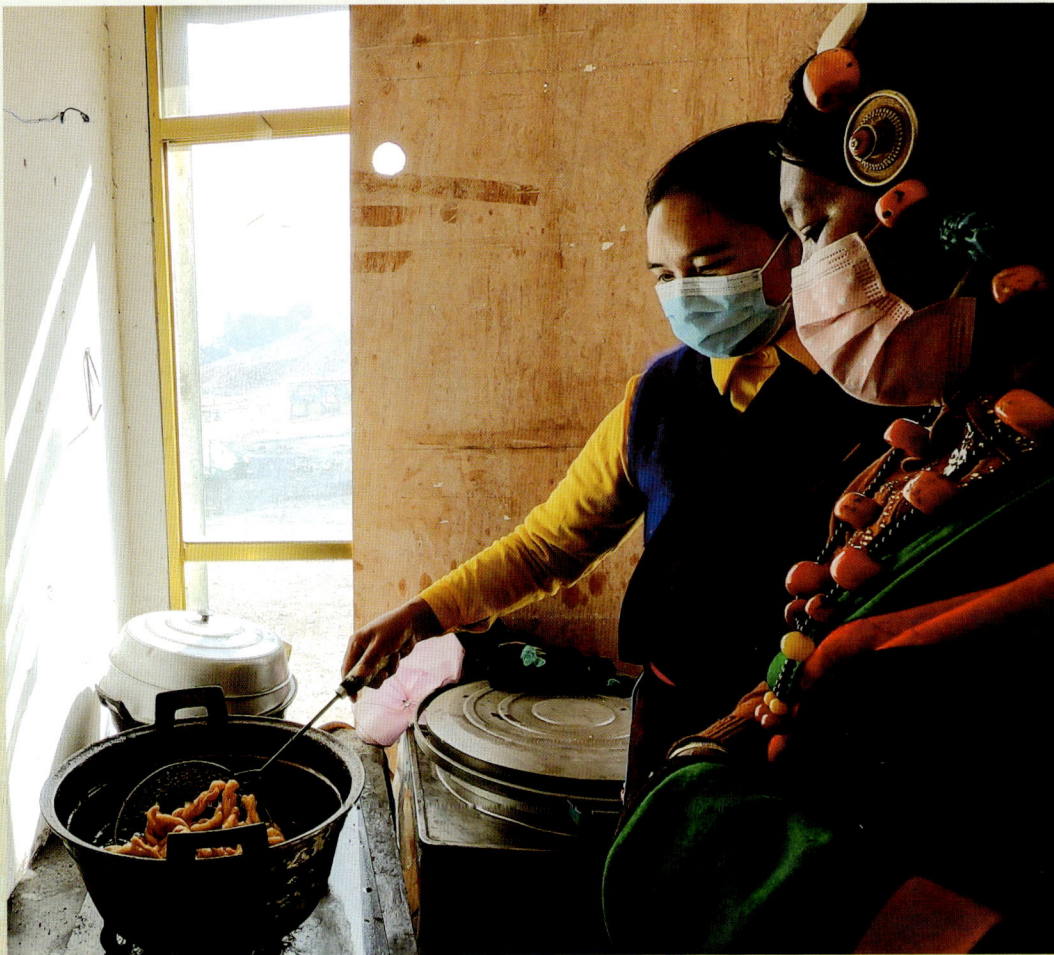

其德一下子觉得工作顺畅多了，过去力所不能及的工作，现在也都能兼顾起来。在她的努力下，妇女群众思想发生很大转变。在组建江绵乡巾帼扶贫油饼合作社时，村里的妇女踊跃参加，坦率地说，她们之所以积极参加并不是为了那点工钱和分红，而是为了能相互交流学习，也为了能有机会组织起来，一起走出去看看外面的世界，增长见识，回来后就可以更好地规划自己的新生活，为步入小康生活打好思想基础。此时其德开心地笑了，她觉得自己当初选择回乡的决定是对的，乡亲们的笑脸就是对她最好的褒奖。

其德视频.png

索朗吉　巴青县拉西镇15村

拉西镇15村妇女前进合作社负责人

索朗吉对自己的生活挺满意的。

自从他们夫妻俩从学校辞职出来后，生活并没有像想象的那样很难以过下去。

虽说两人结婚后就分户单过，由于两人都是初中毕业返乡务农，但是乡里却安排他们做了乡小学的生活老师（以此就没有再给两人分配牲畜）。那时两人都有一份不错的工资，小日子过得还好。后来学校要搬走，两人又都是没有正式编制的合同工，便辞了这项工作。

刚辞职时，夫妻两人对今后的生活确实挺迷茫的。后来村里的妇委会主任的一句话让索朗吉看到了今后生活的希望。索朗吉说："你们两口子都有文化，相比那些没有什么文化的乡亲，能干的事多了，没有牲畜咋啦？没有牲畜咱们不还是可以干别的事嘛，比如开个车呀，比如开个小店什么的呀，都能养活一家人，看看你们的两个孩子，书读得那么好，你们两口子好好做事，把两个孩子供出来，将来他们有一份好工作，你们不就享福了。"

大女儿上了大学，小儿子也进了重点高中。索朗吉一下子就觉得身轻了

许多，同时为了感谢村里在她家最困难时帮了一把，便时常义务为村里做好事。索朗吉的表现，乡亲们都看在眼里，2018年村委会选举时便选索朗吉做了村委会副主任和村妇联副主席。

上任后，索朗吉就开始想怎样才能将村里的妇女组织起来，怎样才能让村里的妇女摆脱陈规陋习的束缚，怎样才能引导村里的妇女过健康向上的新生活。思索良久，索朗吉结合本村实际，决定在村里开办一个妇女合作社，鼓励全村妇女入股。她的想法得到了村妇联执委会的大力支持，几个执委都踊跃参加。

拉西镇15村妇女前进合作社在大家的支持和参与下成立了，股东35名，每股50元，股金共计1750元。坦率地说，这点资金在富裕的巴青乡村，是少了点，但索朗吉并不气馁，她相信一年后就会有更多现在还观望的妇女参加进来。

合作社刚办起来时，看好的人不多，说什么的都有。说就这么点资金能干什么？现在再小的项目不都是上万元以上嘛。再则，现在的乡亲们真地缺钱？哪一家挖虫草少挣了几万元？每人50元不就是看在索朗吉人好的面子上出得吗？亏了也不心疼。

不管别人怎么说，怎么看不好，索朗吉和她的姐妹们还是坚持了下来，四个小组轮流生产了6个月（挖虫草时节和学校放假时节不生产），主要生产酥油灯芯、油炸饼和麻花等。获利35000元，每人分红850元。经济上的成功，起到了将村里的妇女凝聚在一起的作用。由兼职副主席和执委一同在合作社里开办扫盲班，提升了村里妇女文化知识水平，改善了其精神面貌。

示范的作用是无穷的，这边刚刚分完红，其他妇女就都聚到了合作社，要求加入。她们说，加入合作社能挣钱是一回事，她们还看中的是在合作社里能学文化，能明事理。加入合作社的妇女现在都很讲卫生，那些不讲卫生的阿佳现在都不好意思挤在大家中间。要去合作社做事前都得先把自己收拾干净，出门时也能理直气壮对老公说："上班去了，咱可是去做正事。"而老公大多说，"好，快去吧，上班后的老婆越来越漂亮了。"

索朗吉视频.png

西藏脱贫攻坚中的巾帼英雄

塔曲　索县亚拉镇二居委会
索县索秀普姆综合专业合作社负责人

砸在自己手里的风险。所以她选择到寺庙外的广场摆地摊，摆地摊需要的资金灵活，有多少钱进多少货，且寺庙门前人流量大，不管怎样每天都会有生意。这生意看起来很小，而守摊时间长，风吹雨打很辛苦，但它稳定，只要态度好，嘴巴甜，一天的营业额也不小。就这样，塔曲风里来雨里去，几乎天天都会出摊，除了过年休息过两天，她从没误过生意，以致于很多人都认为她是寺庙里的人。其实她家离寺庙挺远的，每天天不亮她就得出门进货，由于资金不多，无法多进货，只能当天上货当天卖。不过这样也好，什么好卖就多进点，不好卖就少进点，没有什么库存，就没有太大的资金压力，也就能稳赚不赔。

一年很快就过去了，塔曲不但还上了4万元的借款，还积攒了近10万元的资金，这便是她挖到的第一桶金。在摆摊的过程中，她发现很多好卖的本地手工艺品，村里的妇女也都可以编织，只是妇女们没有人去组织，所以就形不成生意。再则挖虫草可比编织挣钱的多，村里的妇女在不挖虫草的季节时间里，大多无所事事。塔曲觉得时间就这样浪费了太可惜，有必要组织村里的一些家境不是太好，无法外出务工和上山挖虫草的妇女在家编织一些民族手工艺产品，由她负责销售，这样既能帮那些妇女增加收入，也能使自己的生意做大时不缺货源。

塔曲13岁那年父母就去世了，她是在村里吃百家饭长大的。

由于从小就吃惯了苦，所以她长大后，什么都能干，再苦再累的活，她都会去做。

结婚后，她向人借了四万元钱做生意，约好一年后还清。

借到钱后，塔曲没有像大部分人那样去收虫草，她觉得收虫草的人都是做大生意的，资金多，进货量大，价格就能得到优惠，拿到城市里就能更快地出手。如果拿自己这点小钱去进货，非但不能有优惠的价格，而且货物还会有

说干就干，2010年 塔曲成立了索秀普姆合作社。有员工27人，投入本金100余万元。经过5年的艰苦奋斗、诚信经营，如今合作社年营业额已超过160万元，带动全镇60多名农村妇女增收致富。塔曲不忘帮助乡亲们，仅在2018年就扶持了30户贫困户，支出工资和慰问金等共计9万元。

2020年，合作社在保留寺庙门前地摊的基础上，又增加了商铺、茶馆、民族舞蹈馆、洗车店等。合作社成为索县巾帼创业街示范合作社。在索县第一届妇女代表大会上塔曲当选为县妇联执委。

塔曲视频.png

西藏脱贫攻坚中的巾帼英雄

阿里地区

西藏脱贫攻坚中的巾帼英雄

多吉桑姆　普兰县普兰镇科迦村

科迦村妇女合作社负责人

普兰县普兰镇科迦村，自古以来就有着一种不同于别处的婚姻形态，那就是男女双方结婚后并不住在一起，只是在农闲时节相会，其余时间均各自生活在各自的父母亲家。即使是女方生育孩子以后也一如往常，但男方必须提供妻子和孩子的生活费用。双方要在各自的长辈去世后才能搬到一起居住，而且多是男方入住女方家庭。当然也有例外，那就是家里的孩子太多，成家后女婿与妻家存在矛盾而无法调和时，可以另立门户，但分家时女方家不会分给他任何财产。男方不管分不分家都不予分配家产。因此，此地的家庭均由主妇持家。这也许是当地独特的男人节的由来吧。当地男人节要过7天，在这7天之中男人最大，要接受女人的哈达和敬酒，可以尽情地玩耍、喝酒，女人不得干预。

多吉桑姆的家就是那个例外。年轻时她爱上了村里唯一的民办教师加布次仁。加布次仁因一只手有残疾不能做农活，只能以教书度日。且他家和多吉桑姆家一样兄弟姐妹多，家境也不好，指望他能帮衬妻家怕是不能，所以就不为家中长辈喜欢，但虽不喜欢，也没多反对，因为他还有一份工资，养一家人还是不成问题的。但是后来就不行了。当多吉桑姆生养第二个孩子时，加布次仁因未能通过乡村教师资格考试，不能再做代课教师。那一份收入没有了，家里兄弟姐妹的闲话就多了，脸色也难看了。长辈们虽然不说什么，但看得出他们脸上多了一分担忧。多吉桑姆是个好强的女人，看不得家人这样对待自己心爱的丈夫。丈夫的一只手是残了，农活是做不了，可他聪明，当初看上他，就是因为那时周边村落就他一个人靠着自学当上了老师，村里人何人能比?他非但聪明还很勤快，原先学校放假，他就找些养殖等不需要太大劳力的事情来做，一样有个少的收入，对家里的贡献不比姐夫妹夫差，凭什么不教书就认为不行了，没用了?如今教不了书，相信他还会有多种办法养活自己，养活家人。因此她减少和家里争吵，争吵也没用，她便选择了分家另过。根据传统，她主动要求分家，就只能带走她名下的2亩地以及自己和孩子的穿戴。丈夫当然也是净身出户，这没什么好说的，传统就这么定的。

家好分户难立，这是多吉桑姆最初的感受。没房子还好说，暂时先租借村民的，但是吃穿怎么办?地里的收成还没下来，一时半

会指望不上。还好当时的村干部看她家实在困难，以扶贫的名义资助了些粮食，让一家人度过了最初的难关。

丈夫加布次仁知道自己手有残疾，在农事上帮不了妻子多少忙，于是便开始思考，村里有普兰最有名的科迦寺，村子就是因寺庙而得名的。这些年来寺里朝拜的香客越来越多，而且还有境外的香客。寺庙虽说离县城也就20多里地，但香客来了，总还需生活用品，总不可能样样都从县城里带来。如果自己从县城里进些食品和日用品，在村里办个小卖部，收入一定不差，最重要的是自己能力所及地做些事情，也能为妻子分忧。

小卖部很快就开张了，货几乎全是赊来的。丈夫很讲信用，他每天结账后就搭车进城给批发店老板送钱取货，有时搭不到车，他就徒步到县城，即使到现在他也从未误过送钱取货的事。良好的信誉使他家在以后扩大经营时有了许多方便，最起码他从未担心过资金问题，那些批发店老板都愿给他家赊货。

如今多吉桑姆家是村里的富裕户，开有两个日用品商店和一家家庭旅馆，一年收入约20万元。农牧业也没有荒废，原先的2亩地，如今已扩大到9亩，收成也很是不错。孩子们也都大了，陆陆续续地离开他们各自生活。按说多吉桑姆夫妻俩可以不再那么忙碌了，但多吉桑姆并没有停歇下来。她被村民选为妇代会主任，为使村里的妇女尽快地富裕起来，她带领她们做了许多实事，如：带领妇女开垦整理36亩沙石地作为村里的"三八"集体经济土地，种植油菜等经济作物，集体年收入4万余元；2015年，成立了科迦村妇女合作社，主要经营蔬菜、食用油、糌粑、洗澡室、茶馆等。

2019年，妇女合作社总收入达到10万多元，其中纯收入5万余元，为本社妇女提供了良好的就业及脱贫致富的机会，扶持带动群众常态化地保持在59人，当年为工作人员发放工资6万余元。拓宽群众增收渠道，引导和调动全村剩余劳动力增收致富的积极性。为进一步改善村里妇女的卫生状况，村里的公共浴室免费向村里所有女性开放。现在村里的妇女都养成了讲卫生的好习惯，每天都会到浴室洗澡，家家屋里院落都收拾得干干净净的。

241

多吉桑姆视频.png

西藏脱贫攻坚中的巾帼英雄

洛卓玛　普兰县普兰镇西德村

西德村民族手工加工坊

243

　　洛卓玛婚后十年搬到了夫家，按照当地的习俗，丈夫应该在孩子成年后，搬到妻子所在村定居。洛卓玛之所以没有按习俗去做，主要是因为夫家严重缺乏劳力。公公因身体原因，早早退休在家休养。婆婆身体也不好，常年卧床。丈夫一人耕种家里的田地，且还要照顾俩老人，根本就忙不过来。所以洛卓玛就不顾外面的闲话便嫁了过来。

　　洛卓玛做事很利索，嫁过来后将这个困难重重的家经营得妥妥当当。而且即使家里的事再忙，热心肠的她，仍然会挤出时间参加村里的公益活动。也正是因为她的热心肠，2008年，洛卓玛被乡亲们选为村妇委会主任。

　　随着两个孩子渐渐长大，在外求学，洛卓玛更是将她的主要精力放到了村里的妇女工作上来。2015年，在驻村工作队的帮扶下，洛卓玛组织村里的部分妇女去江孜学习编织技艺，开办起西德村民族手工业加工坊，她任经理。

　　成为经理以来，她制定了各项规章制度，并四处争取订单，任劳任怨地管理着这个不大的加工坊。加工坊虽不大，但却是村里留守妇女们的希望。经过她的积极努力，加工坊现已有30名技术人员，并带领全村60多名妇女致了富。而她却从未在加工坊里领过一分钱的工资。她说，自己现在是村干部，有一份工资，再说老公开车跑运输，生意不错，足够供孩子们上学之用。开办加工坊的目是为了帮助那些因各种原因而不能外出打工的妇女，使她们能有一份稳定的收入，只要她们能跟着大家一起致富，再苦再累，也觉得值。

　　加工坊的生意现在已经步入正轨，有稳定的员工、稳定的质量、稳定的订单，因此洛卓玛就主动辞去了经理一职，委托一名曾经的贫困妇女、如今的编织能手做经理。洛卓玛现在更是把精力放在了"四讲四爱"的宣讲工作上，一组一组地轮番宣讲。

洛卓玛视频.png

西藏脱贫攻坚中的巾帼英雄

班巴措姆　扎达县曲松乡曲木底村那措组

在政府精准识别贫困户中班巴措姆家就毫无疑问地成了贫困户。这让她心里难受了好一阵子。想当初自己和丈夫在村里是出了名的能干人，牲畜喂养得很好，幼畜成活率高，奶制品产量也排在村里的前几名，所以他们家一直就是村里的富裕户。可没想到如今怎么就成了贫困户，出门让人家指指点点的，脸上实在挂不住。"不行，得想办法脱贫。"班巴措姆对丈夫说。丈夫说："别着急，政府搞精准识别，就是为了帮助贫困户脱贫的。先等等，政府肯定会有办法的。""等等？不，我一天也不想戴贫困户的帽子，咱有手有脚为啥要等？"

恰巧，这时乡里有一个去地区学习烹饪的培训名额，班巴措姆很想去学，便报了名。

地区的培训只有半个月，学完后，班巴措姆没有急着返回，而是又参加了一个旅游服务培训班。学习回来后，她在乡长的带领下找到阿里"万户千村市场工程"办公室，争取到了试点户名额。乡里看她积极性很高，便为她协调开店房屋，同时还分配了住房，她利用住房外的空地，搭建了阳光棚，开了一家藏餐馆。由于专门到地区学习过烹饪，所以她的藏餐馆就成了乡里干部群众的主要用餐之地。

忙忙碌碌两年后，班巴措姆就摘掉了贫困户的帽子。孩子去了拉萨就读阿里中学。幸福甜蜜的日子说来就来了。班巴措姆很清楚，自己的幸福生活多亏了党和政府的诚心帮助。出于对党的爱戴，她积极向党组织靠拢，并以一名优秀共产党员标准严格要求自己，更好地帮助有困难的群众。经过努力，如今她已是一名光荣的中国共产党预备党员了。

阿里地区扎达县曲松乡地处边境地区，全乡不足500人。牧场很大，但大多数地方都是沟深滩险，平均海拔都在4500米左右。曲松乡距县城200多公里，而从乡里到班巴措姆家的牧场曲木底村那措组，还要走上70多公里的山路才能到达。所以班巴措姆到28岁时才第一次到乡里。政府所在地也不大，没几栋房子。可那也是房子呀，相比帐篷要好很多了。起码下雨时不会不停地漂雨水进来吧。再说这里好歹还有个教学点。

到乡里相对来说还容易些，可要长期住下去就不那么简单了。丈夫在乡里找到了一个较为稳定的事做。他们就此在乡里安了家。而老家牧场上的牲畜就只好托付父母放养，父母年龄大了，精力有限，对牲畜的照看难免就有些粗，收入远不如以往。

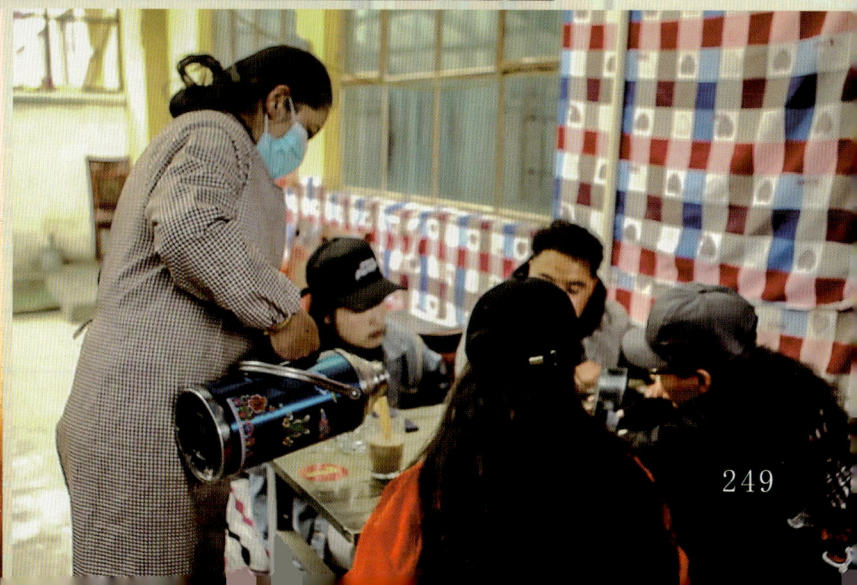

班巴措姆视频.png

西藏脱贫攻坚中的巾帼英雄

赤来旺姆　日土县热帮乡丁则村

丁则村农牧民合作社负责人

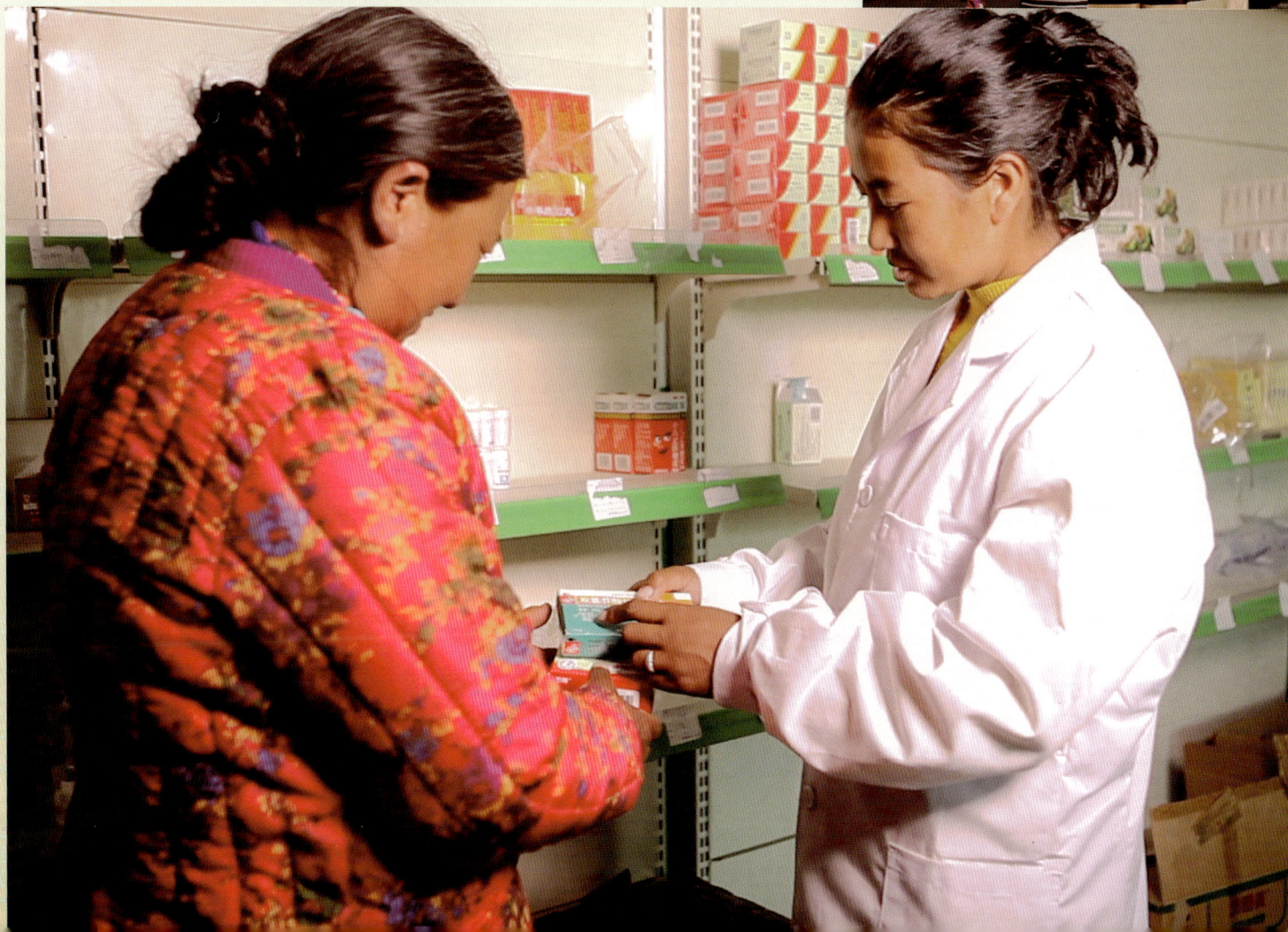

2016年，日土县热帮乡丁则村成立了农牧民合作社。做为合作社的负责人，村支书旦巴次仁对于村里的富余劳动力，特别是妇女劳动力的利用，有点头疼。男劳力还好说，现在外面到处都在搞建设，工地上需要劳工，组织劳务输出就能为大家带来不小的收入。然而妇女就比较麻烦，她们大都是家里的"顶梁柱"。在男人们外出放牧、打工时，全靠她们支撑起上有老、下有小的家庭。但是在农闲时，特别是合作社成立后在劳力统一而合理的安排下，大部分家庭的妇女就有了一些富余时间，而怎样使妇女用好这些时间，确实是要好好想想。

看到支书愁眉不展，村妇联主席赤来旺姆说："要不在合作社里再成立一个妇女编织小组，组织妇女集体编织民族工艺品。"旦巴次仁听后觉得此事可行，便委托赤来旺姆具体负责。赤来旺姆说干就干，在认真分析市场实际情况后，2016年6月，在热帮乡人民政府和村委会、驻村工作队的帮助和支持下，建起了面积为80平方米的手工编织场地，带领全村48名妇女（其中贫困人员16名），主要生产卡垫、藏式羊毛被子、斗篷、提包、邦垫等。每人每月收入不低于2500元。全村妇女凭着对创业的执着和吃苦耐劳的精神，生意越做越好。一年内她们共销售了卡垫345张（其中20张,每张600元;326张,每张550元）、提包25个（一个200元）、斗篷15个（1个100元）、邦垫8个（一个80元）、藏式羊毛被子16条（一条550元）。编织小组的成绩完全解决了村支书旦巴次仁的苦恼，而村里的大部分妇女也实现了不离乡不离土，就近、就便就业。

赤来旺姆视频.png

西藏脱贫攻坚中的巾帼英雄

255

扎珍21岁嫁到古姆乡森多村，由于她有文化，为人热情，有着很强的亲和力，所以一年后，乡亲们就选她做了村妇委会主任。

扎珍的妇女工作做得很好，深得乡亲们的推崇。

扎珍在还未出嫁之前，就非常喜欢编织些小手工艺品，而她在县里发现，那些小手工艺品也能卖钱，而且价格还不便宜。她便生出了在县里办一个编织厂的想法，一来可以帮助乡亲增加些收入，二来也能给许多为孩子求学，而在县城租住的同村妇女安排些事做，帮她们渡过难关。于是她将自己的想法说给了驻村的县妇联主席。县妇联主席非常支持她的想法，并帮她向地区妇联争取到了1万元资金和6台织机，同时还帮忙落实了400平方米的厂房用地。

2012年，古姆乡森多村民族手工艺品加工厂正式开业。扎珍包揽了厂里所有事项，包括技术指导、销售、筹措资金等等。加工厂主要生产卡垫、毯子、藏装、腰带、靴子、毛衣、藏式口袋、包以及一些传统饰品等共四十多种产品，平均每年产值近30万元。2013年，加工厂被全国妇女联合会和全国农村妇女"双学双比"活动领导小组评为"全国城乡妇女岗位建功先进集体"。2017年，扎珍被阿里地区妇女联合会评为"致富带头人"。2018年，加工厂被西藏自治区脱贫攻坚指挥部和西藏自治区妇女联合会评为"西藏自治区巾帼脱贫攻坚示范基地"。

除去员工的工资和分红外，工厂所余纯利扎珍全部投入到厂子的扩大再生产上。如今工厂的固定资产已较初办时增值了近十倍，已是一家拥有长期固定员工69人，订单生产员工近百人的中小型企业，并已成为当地的明星企业。而扎珍仍然不辞辛劳地两头跑。她说只要企业兴旺，能带着更多的妇女奔小康，自己吃再多的苦，心里也是甜甜的。

256

扎珍视频.png

后 记

　　为贯彻落实习近平总书记关于脱贫攻坚的重要讲话精神，西藏自治区各级妇联组织紧紧围绕自治区党委、政府脱贫攻坚决策部署，紧盯"两不愁三保障"，发挥优势，主动作为，因地制宜，深入推进"巾帼脱贫行动"，瞄准建档立卡贫困妇女，开展宣传教育，注重立志脱贫；加强技能培训，提高能力脱贫；用好小额贷款，助推创业脱贫；发展妇女手工，实施巧手脱贫；注重能人引领，带动互助脱贫；做好"两癌"检查，推动健康脱贫；凝聚社会力量，爱心助力脱贫，为西藏脱贫攻坚奉献了巾帼之力。

　　勤劳勇敢、善良美丽的西藏各族妇女，在西藏决胜全面小康的关键节点，耕耘在各个行业和领域，涌现出一大批可歌可泣的先进典型和事迹。尤其是生活在农牧区的广大女性，她们用勤劳双手绣出美好的幸福生活，彰显巾帼之美。从她们身上，我们看到了砥砺奋进的时代精神，看到了巾帼不让须眉的时代风貌，看到了不甘贫困，奋发有为的时代风采。

　　今年是中国决胜全面建成小康社会、决战脱贫攻坚之年，是西藏自治区成立55周年、自治区妇联成立60周年和中央第七次西藏工作座谈会圆满召开之际，西藏自治区妇联在自治区脱贫攻坚指挥部和自治区扶贫开发办公室的大力支持下，组成采访专班，行程3万余里、历时百余天，奔赴7地市50多个县（区），采访60余名先进典型人物，现收集整理呈现于读者，希望广大读者记住这群在致富的金光大道上勤劳奋斗的巾帼英雄。

　　在此，衷心感谢自治区党委政府的高度重视，感谢自治区脱贫攻坚指挥部和自治区扶贫办的帮助指导，感谢各地市县区党委、政府、及妇联相关部门对本书采访活动给予的大力支持。由于时间、能力有限，难免挂一漏万，敬请谅解。

　　让我们携起手来，在以习近平同志为总书记的党中央坚强领导下，大力唱响"巾帼心向党、建功新时代"主旋律，以巾帼不让须眉的使命担当和责任担当，巩固脱贫攻坚成果，做好脱贫攻坚与乡村振兴的有效衔接，进一步加大妇女儿童的获得感、幸福感、安全感，推进妇女儿童工作的高质量发展，为建设团结富裕文明和谐美丽的社会主义现代化新西藏贡献巾帼力量！

中共西藏自治区妇女联合会党组

二0二0年九月

图书在版编目（ＣＩＰ）数据

西藏脱贫攻坚中的巾帼英雄 / 西藏自治区妇女联合
会编著. -- 拉萨 : 西藏人民出版社, 2020.10
ISBN 978-7-223-06651-8

Ⅰ.①西… Ⅱ.①西… Ⅲ.①纪实文学 – 中国 – 当代
Ⅳ.①I25

中国版本图书馆CIP数据核字(2020)第179242号

西藏脱贫攻坚中的巾帼英雄

编 著	西藏自治区妇女联合会	
策 划	周玉平 计美旺扎	
责任编辑	苏远尚 西绕卓玛	
装帧设计	周玉平	
出版发行	西藏人民出版社（拉萨市林廓北路20号）	
印 刷	四川煤田地质制图印刷厂	
开 本	210×260　　1/16	
印 张	18	
字 数	100千	
版 次	2020年10月第1版	
印 次	2021年9月第2次印刷	
印 数	01-1,000	
书 号	ISBN 978-7-223-06651-8	
定 价	120.00元	

版权所有　翻版必究

（如有印装质量问题，请与出版社发行部联系调换）